ハズレ属性【音属性】で追放されたけど、実は唯一無詠唱で発動できる最強魔法でした

路紬　イラスト つなかわ

「【衝撃音《ショックサウンド》!!】」

鐘みたいな大きな重低音を近くで聞くと
身体が震える感じがする——

それを攻撃に転化させたのがこの衝撃音だ。

アルバス・グレイフィールド

「ありがとうございます……
ほ、本当に声が」
ルルアリア・フォン・アストレア

「普段はこの姿だから、知り合い以外、君みたいな反応を示すことを忘れていたよ」
竜騎士／エレイン・ヴォーディガーン

「わしの名前はエレノア・ヴィ・フローレンシア。
冒険者ギルドの長《おさ》をやっておる」
エレノア・ヴィ・フローレンシア

CONTENTS

Presented by
Michitumugi × Tsunakawa

ハズレ属性【音属性】で追放されたけど、実は唯一無詠唱で発動できる最強魔法でした

路紬

GA文庫

カバー・口絵　本文イラスト
つなかわ

第一章『音属性』

「アルバス！　お前には失望したぞ！　お前を追放する‼」

怒り狂った父は僕に罵声を浴びせる。

父の執務室には怒る父と僕、そして怒られる僕の姿を見てニヤニヤと笑うアイザック。

僕──アルバス・グレイフィールドは『女神の日』という晴れやかな日に、グレイフィールド家を追放されるのだ。

＊＊＊

「期待しているぞアルバス！　お前は生まれつき大量の魔力を持ち、魔法の覚えも早い！　ここに四大属性が上乗せされればお前はきっと大成する‼」

「はい！　必ずや四大属性を取得し優れた魔法使いになってみせます！」

「お前はグレイフィールド家の後継者に相応《ふさわ》しい！　期待しているぞ！」

女神の日。それは年に二度訪れる特別な日。この時に十六歳を迎えていた子供達は神から属性を授《さず》かる。

僕と弟のアイザックは属性を授かるため、父のザカリーと共に大教会に来ていた。

「チッ！　兄貴ばっかりいいように言われてよ。気に食わないぜ」

「おいアイザック。お前はそれだから駄目なのだ。魔力は並、魔法の才能も並。精々属性は複数発現させてくれよ。ハズレ属性なんて発現させた日には実の子であっても追放しなくてはならないからな！」

弟のアイザックは僕が父から贔屓《ひいき》されているのが気に食わないのだろう。分かりやすく舌打ちして、それを見た父から怒られる。

僕とアイザックは異母兄弟というやつだ。

僕は魔法の才能に恵まれたが、アイザックは魔法の才能が並だった。魔法の名家グレイフィールド家では優れた魔法の才能が要求される。アイザックは父から冷遇されていた。

「まあまあアイザック。共に四大属性を発現させて、グレイフィールド家のために頑張ろうよ。ね？」

「はん。次期当主はいいよなそんなことが言えて」

アイザックをなだめようとしたけど、あんまり効果はなかった。

「これより女神の儀を開始する！　参加者、前へ！」

女神の儀を担当する神父が参加者へ開始を告げる。

『女神の儀』は魔力の属性を発現させる特殊な儀式だ。女神の儀で属性が発現するまでは無属性の魔法しか使えない。

父の言う四大属性とは火、水、風、土の四つだ。多種多様な魔法がある中で、この四大属性の魔法が多くを占める。

この四大属性を持っているか否かで魔法使いとして大成するかどうかが決まる。逆にこの四大属性以外の魔法は、世間一般的にはハズレと言われているのだ。

「次の者前へ」

神父の言葉を聞いて、僕は前に出る。

四大属性のうち少なくとも二つ、できれば四つ全《すべ》て発現することを願って僕は女神の儀に挑む。

目を瞑《つぶ》り祈りを捧《ささ》げる。この時見えた色やイメージできたものが発現する属性と言われている。

僕が見えたものは……多くの波紋だ。大小様々な波紋が現れては消えていくイメージ。

パッと結びつけることはできなかったが、波紋を連想させる四大属性は水、もしくは水を揺らす風あたりだ。どちらか、もしくはどちらも発現していることを願って僕は目を開ける。

次の瞬間、僕がどんな運命を辿《たど》るのか知らぬまま。

「アルバス・グレイフィールドの属性は音です！」

「お、音……？　水とか風ではなくて？」

音属性なんて聞いたこともない。

音を操《あやつ》る魔法は風属性に沢山あるけど、それとは別の何かなのか？

「ち、父上……!!」

僕は父の方を見る。

父は額に青筋を立てて怒りをあらわにしていた。

僕はこの時に気がつく。女神の儀を見ていた人たちがひそひそと話をしていたのを。小さな声だけど、僕や父に聞こえるように。

「音属性なんて聞いたことないぞ。魔法書も見たことがない」

「四大属性でなくとも、光とか闇《やみ》ならまだ芽があったのにな」

「グレイフィールドのアルバスってあれだろ？　グレイフィールド卿の自慢の息子とか。まあでも、音なんて聞いたことない属性を発現したんだから人生終わりだな」

「音出す魔法なら風に沢山あるからな。できることは風属性の方が多いし、音属性なんてどうせ風の劣化だろ」

グレイフィールド家は魔法の名家と言われている。

父のザカリーは火、風、土の三つの属性を持ち、魔法使いとしても一流だ。歴代当主も複数属性を持ち、魔法で素晴らしい功績を残している。

そんな魔法の名家から音属性なんていう聞いたこともないハズレ属性の持ち主が現れた。

みんなは僕を哀れむ。その哀れみに一番耐えられないのは僕ではなくて、プライドの高い父だろう。

「こ、この愚か者があ!!！　よりにもよって聞いたことのないハズレ属性など発現させおって!!　お前にどれだけ期待をしていたか！　それを分かっているのか!?」

大衆の面前だが、父はそれを気にせず僕を殴った。ボロ雑巾《ぞうきん》のように転がる僕を、父はこれでもかと踏みつける。

「これでは私が笑い物になるんだぞ!!　並外れた魔力！　魔法の取得の早さ！　期待させるだけ期待させておいて、ハズレ属性を引き、この私の顔に泥を塗ったな!!」

「ごめんなさい……ごめんなさい父上!!」

父は昔から貴族たちに僕を自慢していた。人の十倍以上の魔力を持ち、魔法の取得が早い僕を誇らしげに。

そんな僕がここ一番というところでハズレ属性を発現させた。父の怒りはもっともだ。

「出ました！　アイザック・グレイフィールドの属性は火、水、風の三属性です！」

周囲の人たちに再びどよめきが起こる。

「すげえな三属性だぞ！　超レアじゃねえか!!」

「それにグレイフィールド家の子供だろう？　魔法使いとして実績を積めば王族との婚約だってあるんじゃないのか⁉」

「いいや、すぐにでも婚約話は出るだろ。ザカリーは偉そうだが、事実超が付くほどのエリート。魔物退治、魔法研究の両実績も多い。そんなやつの子が三属性持ちなんだ。王族との婚約は確実だろう」

「長男がハズレ属性の時はどうなるかと思ったが、これならグレイフィールド家の将来も安泰だな！」

周囲の人たちの反応は僕の時とは真逆だ。

父は僕を踏みつけるのをやめて、アイザックへ駆け寄る。

「よくやった！　お前は期待の息子だ‼　必ず出来ると信じていたぞ‼！」

「ありがとうございます父上‼　俺《おれ》にもようやく魔法使いとしての才能が開花しました‼」

弟のアイザックはとても嬉《うれ》しそうだ。

先ほども言ったがアイザックは魔法の才能に恵まれなかった。

魔力の量は一般的で、基本的な魔法の取得も並。父から期待なんてされていなかった。だから本当に嬉しいのだろう。四大属性のうち、三つも属性を発現させて、ハズレ属性を発現させた僕より上に立ったことが。

事実、喜ぶアイザックは僕を見るなり、勝ち誇ったような表情を浮かべていたのだから。

「残念だったな兄貴。俺が今まで味わった屈辱、しっかりと味わいな」

「アイザック……！」

僕は一度たりとてアイザックのことを見下したことはない。共に切磋琢磨《せっさたくま》する仲間だと思っていた。

だから魔法だって教えた。僕ができることはアイザックに全て教えたつもりだ。いつだって僕はアイザックをリスペクトしていた。

でもそれが全て自己満足だったと、僕はこの後の言葉で思い知らされる。

「お前から魔法を教わるのは屈辱だった！　次々と無属性魔法を取得していくお前が気に食わなかった!!　力の差を見せつけられる度、父に冷たい視線を向けられたが、今日でそれも終わりだ！」

十年以上溜《た》め込《こ》んで、歪《ゆが》んだ劣等感。それが僕とアイザックの立場が覆《くつがえ》ったことで解放された。

ハズレ属性を発現させた僕はグレイフィールド家の後継者になれないだろう。

それに対してアイザックは、グレイフィールド家の後継者になれるだろう。四大属性の中で三つも属性を発現させているから。

僕が属性以外でアイザックより優れていても関係ない。魔法使いにとって属性こそが絶対。優れた属性を持つ人間の方が優遇されるのだ。

それは父の反応、周囲の反応を見れば明らかだろう。

「兄貴、これからどうなるか楽しみだなギャハハハ!!!」

アイザックの言葉がただひたすら響いていた。

＊＊＊

「どうか……どうか追放だけはやめてください。何でもします。雑用でもなんでも。地下の魔力装置には今までより多くの魔力を注《そそ》ぎますから……」

僕は父に頭を下げる。

何も知らない貴族の長男が、独り身で追放されて生きていけるほどこの世界は甘くない。

僕はそうだと知っていたから必死に頭を下げて許しをこう。その姿が父にとっては気に食わなかったのだろう。

「必要ないわ!!　魔力装置への魔力の供給など、人を雇えばいいだけの話！　お前である必要なんてどこにもない!!」

屋敷の地下には巨大な魔力装置が存在している。

魔力装置は魔力を注ぐことで、電気や火、水などを簡単に生み出すことができる。また魔法の練習や研究用の時に使う魔力のストックとしての機能も持ち合わせている。

中流階級以上であればどの家庭にも普及している生活を便利にする装置だ。

グレイフィールド家の屋敷は大きく、人も多いため、その分消費する電気や火、水は多い。魔力装置も必然的に大きくなり、必要とされる魔力も多くなる。

生活に必要な魔力は僕一人で全て賄っていた。僕の魔力量はそれだけ多い。

余計な人を雇う必要がなくなったから、我が家の財政は回復したと父は昔から言っていた。

「いいか！　このグレイフィールド家にお前の居場所なんてない!!　アイザック！　こいつに属性の価値というものを教えてやれ！」

「よろしいのですか父上!!　ここで魔法を使っても！」

「ああ。外すんじゃないぞ」

ニヤニヤと立っていたアイザックが僕の前に立つ。

「おい兄貴、お前にいいものを見せてやるよ。お前じゃ一生かけても使えない属性魔法っていうやつをな!!」

得意げなアイザックの表情に怯《おび》えて、僕は一歩後ずさる。

『火よ、集いて弾となり、敵を撃て。火炎弾！』

詠唱と魔法名、その二つを唱えることで魔法が発動する。アイザックが使用したのは、火属性でも最も初歩的な魔法――火炎弾。

それは吸い込まれるかのように僕の胸へ。魔力操作による防御を容易く貫通して、服を焦《こ》がし、僕の胸に消えることない傷を植え付ける。

「ふははは！　これが属性魔法っていうやつだよ兄貴！　次はどの属性でいじめられたい？　いじめられたくなければ早く出ていくんだな!!」

得意げにはしゃぐアイザック。

魔法を使うには詠唱が必要となる。優れた魔法使いであっても、詠唱をしなければ魔法は使えない。

魔法の詠唱は魔法書に記述されていることが多い。詠唱さえ覚えてしまえばあとは少しの努力だけで魔法を使うことができる。

だが音属性には魔法書がない。魔法の詠唱も分からず、当然音属性の魔法は使えない。アイザックが僕に向かって、一生かけても使えないと言ったのはそこにある。

僕が今使えるのは無属性の魔法だけ。しかし無属性の魔法は属性魔法には決して勝てない。属性が付与された魔法の方が優れているからだ。

だからこの場で僕がどうやってもアイザックに勝てる道理はない。

「……分かりました。今日限りで出ていきます」

「ブハハハハそれでいい!!　もう二度と私の前に現れるなこの無能！」

「じゃあな兄貴!!　惨《みじ》めな背中だなギャハハハ!!！」

二人の罵倒と笑い声を背に、僕は父の執務室を出るのであった。

＊＊＊

「これからどうしよう」

僕はトボトボと歩く。

屋敷を出ていく際、持ち出したのは数日分の生活費と無属性の魔法が記載された魔法書、そして胸の傷を治療するための薬と包帯をいくつか。

胸の傷は屋敷を出る前に治療した。幸いにも派手なのは見た目だけだ。けど、この傷痕は残ってしまうだろう……。

「前向きに考えれば家に縛られて生きる必要はないっていうことだよね……よしっ！」

いつまでもクヨクヨしていても仕方ない。

これからは己《おのれ》の身一つで生計を立てていかないといけないのだ。

魔法の名家出身だから、無属性の基本的な魔法は一通り使える。

無属性とはいえ魔法が使えるということは文字の読み書きができて、魔力を持っていることの裏付けだ。

そもそも魔力を持ってなかったり、読み書きができなくて魔法が使えない人だっているから、探せば仕事の一つや二つ見つけることはできるはずだ。

「先ずは王都に行こう。魔法大図書館なら音属性の魔法書もあるかもしれないし」

今までいろんな魔法書を見てきたけど、音属性のものは見たことがない。

だが、王都にある魔法大図書館ならもしかすると音属性の魔法書の一つや二つあるかもしれない。

音属性がどんな魔法なのか分からないが、使えるようになればこの先、何かの役に立つだろう。それにどんな魔法があるのか興味が尽きない。

僕はそんな期待を胸に王都へ向かう馬車を探す。

「すみません！　王都までの馬車ってまだ出ていますか？」

「今日は王都行きのお客さんが多いね。まだ馬車はあるよ」

今日は王都行きのお客さんが多い？

女神の儀が終わって王都で冒険者とか魔法騎士の試験を受けるためだろうか？

でも女神の儀があって早々に旅立つ人なんているんだろうか……？

「じゃあお願いします。あと一つ聞きたいんですが、今日お客さんが多いって……」

「あいよ。ああ、出発まで時間あるから話してあげるよ。昨晩から王女様の声が出なくなったらしくてね、国王が王女様の声を取り戻した者には至上の褒美を与えると言って、我こそはっていう人たちが一斉に王都へ向かったんだ」

王女様の声が出なくなったというのは一大事だ。

この世界で声が出ないというのはかなりの痛手である。何故《なぜ》なら、声がなければ魔法を使うことができないから。

王族や貴族は魔法が使えて当たり前。魔法を使い、人々の生活を豊かにしたり、他国や魔物と戦うのが王族、貴族の役目だ。

そんな役目を全《まっと》うしなくてはならない王族が、魔法を使えないなんてあり得ない。だから国王は何が何でも王女の声を取り戻させたいのだろう。

もっとも人を治療したりするのは、四大属性の中でも生命に密接に繋《つな》がる水や土の専門。それ以外なら人を癒《い》やすことが得意で、四大属性に続いて魔法の数が多い光属性だろう。

音属性の僕に出る幕なんてない。

「もしかして君も王女の治療かい？」

「いや、僕は別件です。僕の属性じゃ、助けになることなんてなさそうなので」

「そうかい。さ、馬車の準備ができたよ。乗っておいで」

僕は馬車へと乗り込む。

僕が住んでいるグレイフィールド領から王都までは馬車で二時間程度だ。

道中、僕は魔法書を読んだり、小窓から外を眺めていた。荷車ではなく、人を乗せた馬車がやたらと多い。

「これ全部王女様の治療目的なのかなあ」

王女様をこの目で見たことは一度もない。曰《いわ》く、天使のように美しい美少女なのだとか。そんな女の子を治療すれば、沢山感謝してくれるだろう。

国王様が至上の褒美を与えるとか言っている以上、可愛《かわい》い女の子から感謝されて褒美ももらえるなんて一石二鳥だ。

「僕には関係ないか」

そんなことを考えていると王都に到着する。

王都は賑《にぎ》わっており、王女様の治療に名乗りを上げた人たちが多い。

「長年研究してきた水属性魔法を使ったポーションならば、王女様の治療ができるはずだ！」

「ふん！　水属性がなんだ！　生命とより密接に繋がっているのは土属性！　大地の生命を他人の治癒力に変換するこの魔法こそ王女様の治療に相応しい！」

「馬鹿ね。全然分かっていない。神の力である光属性こそ、王女様の治療に最も相応しいと言えるわ」

道ゆく人たちはみんな、土や水、光の属性を持っていて、それ以外に屈強な冒険者たちが冒険で拾ってきたポーションや魔道具などを持って王城に向かっている。

僕はそんな彼らを横目に見ながら、王城ではなく魔法大図書館へと向かう。

「回復魔法に関する書物はあるのか⁉」

「声！　喉《のど》に効くようなポーションが作れる本を‼」

「精神的な問題もあるかもしれない！　精神系の魔法は、どの属性なのだ⁉」

「ここもか……」

大図書館の現状を見て僕はため息をつく。

ここも王女様の治療のために、多くの人が血眼《ちまなこ》で書物を漁《あさ》っていた。そのせいで静かなイメージの大図書館も、今日は騒がしい。

受付にも人がごった返している。とてもじゃないけど、音属性の魔法書がどこにあるのかきけるような雰囲気ではなさそうだ。

数千万とある書物の中から探さないといけない。これはかなり骨が折れそうだ。

といっても大図書館はジャンル別に書物が保管されているため少しは探しやすいだろう。

僕は魔法書がある区画に行く。

「魔法書だけでもこんなに……‼」

魔法書の区画に着いた時、僕はついつい声を出してしまう。魔法書だけでも一千万以上の書物が保管されており、魔法人形《ゴーレム》が管理作業を行っていた。

当然ここにも人は沢山いて、検索機能を持つゴーレムの前は人が多い。検索機能に頼ることはできなさそうだから、やっぱり自力で探すしかなさそうだ。

「四大属性の魔法書が多いけど、それ以外も中々多いんだな」

四大属性以外の属性は沢山存在している。ハズレ属性って言われることもあるけど、それは単体で発現した場合の話。

四大属性のどれかとそれ以外の属性ならば、組み合わせによっては四大属性複数持ちよりも大成することだってあるのだ。

よって先人たちが残した四大属性以外の、魔法書の種類は僕らが想像するよりも多い。数多《あまた》ある属性の中でも光と闇は四大属性に続いて多い。雷や氷、変わり種でいえば毒や金属みたいなものもある。

でも音属性に関する書物は探しても見つからない。

「音属性ってそんなに発現した人がいなかったのか……」

女神の儀でみんなが見せた反応通り、音属性を発現させた魔法使いはごくわずかなのだろう。全員が全員音属性の研究をするわけではないし、それを魔法書として後世に残そうとする人はさらに少ない。

でも諦《あきら》めるわけにはいかず、根気よく魔法書を探している時だ。

「クソッ！　回復系魔法なんか載ってねえじゃねえか!!」

近くで魔法書を読んでいた人が乱雑に本を床に投げ捨てて去っていった。

マナーがなっていない人だと思いながら見てると、意外と床に本が散らばってたり、山積みにされたまま放置されている。

「ああそうか、ゴーレムが別のことで忙しいから」

王女様の治療の手がかりになりそうな魔法書を探しにきた人が、魔法書を元の位置に戻さず、床に置いたりするせいで散らかっているのだ。

本来片付けるゴーレムも客たちの対応で片付けができていない。

「自分で出したんだから自分で片付ければいいものを！」

流石《さすが》にこの状態を見ていられなくて、僕は床に散らばった本を片付ける。

「ほとんどが四大属性の魔法書……。やっぱり王女様の治療目的なんだ」

散らばった本を本棚に戻していく。幸い、四大属性の本がほとんどだから、片付けはスムーズに進んだ。

あらかた片付けて、床に散らばった本が少なくなる。マイナーな属性ばかりが残ったな……なんて思っている時だ。

ふと聞き慣れない音が聞こえてくる。

「……何だこの音？　多分この辺から」

僕は音が聞こえる方向を探す。積み上がった魔法書の中、それを一つ一つ手に取ってみる。

そして、それは見つかった。

「音属性の全て……って音属性の魔法書⁉」

聞き慣れない音を発していたのは音属性の魔法書であった。昔、何かの本で見たことがある。魔法書には書き上げた人の魔力や、読んだ人の魔力の残滓《ざんし》があって、それは同じ属性を持つ人を呼び寄せることがあるって。

今起きているのはそれだ。驚きのあまり、本を二度見しちゃったけど。

何度見返してもそれは僕が探していた音属性の魔法書だった。まさかこんなに早く見つかるなんて……。

「す、すごい！　沢山音属性の魔法が載っている‼」

その本は僕にとって宝の山だった。

音属性の魔法がこれでもかと書かれた本。これを読むだけで丸一日潰《つぶ》せそうだ。

魔法書が見つかって本当に良かった。

僕は魔法書を持って近くで作業しているゴーレムに近づく。

「写本の作製を頼めるかい？」

『了解シマシタ』

魔法書は基本的に貸し出し不能だ。故に、こうして内容を写本にしてもらう。ゴーレムにかかれば、辞書並みに分厚い魔法書ものの数秒で、魔法書に全部写してくれる。

音属性の魔法書、その写本を手に入れた僕は読み漁るためにも近くの宿場に向かい、部屋を借りる。

部屋の中で僕は写本をマジマジと見つめる。

「手に入った……!! 音属性の魔法書! これで音属性魔法を取得すれば!!」

何かの役に立つかも知れない。僕は胸の中で期待を膨らませて、写本を開いていく。

『先ず初めに、音属性がどのような属性なのか書き記しておく』

このような文章で本文は始まっていた。

属性にはできることが決まっている。

火属性なら火を操る。

水属性なら水を操る。

属性を発現させることで、今までできなかったことができるようになるのだ。

音を操る属性は、主に風属性が挙げられる。

風流を操ることで音を発生させたり、音を広げたり、少しレベルが上がると特定の人物だけに音を届けることもできる。

風属性はそれでいて、普通に風を操ることもできる。

だから音属性は風属性の劣化ではないのかと、女神の儀を見ていた人は言っていた。僕もおおむね同じ考えだ。

しかし、その認識を僕はこの魔法書によってあっさりと否定される。

『音属性は風属性よりもさらに音と、それを発生させる振動を操ることに特化させた属性だ。そして、音属性には他の属性では決してできないことができる』

音と振動。それを特化させたのが音属性。

他の属性にはできなくて、音属性だけができること。僕はそれを知りたくて読み進める。

『音属性は魔法において絶対不可欠な魔法の詠唱。これを完全に破棄し、無詠唱で魔法を扱うことができる』

「……え？」

本に書かれていたことは衝撃的な内容だった。

詠唱の完全破棄。無詠唱での魔法行使。

それはありとあらゆる魔法使いが長年の課題として取り組んできたものだ。

魔法を使う際、絶対に詠唱は必要となる。基本的には、詠唱と魔法名を発声して、初めて魔法が使えるのだ。

この詠唱をどうにかなくせないかと研究がされるも、短くはできるけどなくすことはできないというのが今の結論。

音属性はそんな不可能を可能にできると、この本には書いてある。

「これが本当なら……。試してみる価値はありそうだ」

僕は音属性の魔法書を読み進めていく。

無詠唱の原理。

音属性の魔法。

一通り目を通して終わる頃、夜は更けてすっかりと日は落ちていた。

「早く……早く試してみたい!!　この魔法を!!」

音属性の魔法には戦闘向きのものから、探索向きのものまで数多く揃《そろ》っていた。

音と振動を操るというのは意外にやれることが多い。それに無詠唱の魔法が本当に使えるなら、これは大きな武器になるだろう。

「魔法を試すか……。王都の魔法学園に入る？　いやいや、ハズレ属性って笑われるのがオチだ」

魔法を試したくてうずうずしているけど、街中で使うわけにはいかない。

魔法学園や魔法師団みたいな魔法を使う組織に所属することも考えたけど、ああいうのは四大属性至上主義。僕みたいなハズレ属性が入れるような場所ではない。門前払いが関の山だ。

自由気ままに魔法を試すとなると、選択肢はおのずと限られていく。

「冒険者……なってみるか」

冒険者になって魔物相手に魔法を試す。これが一番手っ取り早い。

無論、魔物が相手だから失敗したら大怪我《けが》どころじゃ済まないだろう。けれど僕には無属性の魔法と、父が自慢するだけの大量の魔力がある。最低限の自衛はできるはずだ。

「よし！　明日、冒険者登録して魔物を倒しに行こう!!」

僕は明日に備えて、使えそうな音属性魔法を探すのであった。

＊＊＊

「準備はできた！　よし行くぞ!!」

翌朝、僕は音属性魔法をもう一度頭にしっかりと叩《たた》き込む。

攻撃系の魔法、防御系の魔法、索敵系の魔法を何個か。しっかりと魔法名を覚えておく。

僕は冒険者ギルドへ向けて出発する。僕が泊まったのは大図書館がある王都北区。冒険者ギルドは少し南下した王都中央区に存在している。

中央区は朝早くなのに多くの人で賑わっていた。特に冒険者ギルドの前は、冒険者たちでいっぱいだ。

僕は冒険者たちの列に並んで、自分の番が来るのを待つ。

「お待たせしました。次の方どうぞ」

待つこと十分程度。僕の番が回ってきて受付嬢の前に行く。

「はい！　冒険者登録に来ました!!」

「冒険者登録ですね。ではこちらの用紙に必要項目を書いてください。文字の読み書きはできますか？　代筆も可能ですが」

「大丈夫です。読み書きはできますよ」

名前、年齢、性別、希望する職種……これは魔法使いでいいだろう。属性は音。

パーティの募集……とりあえずはソロでの活動でいいからこれはなし。

あ、名前にグレイフィールドって入れると、後々面倒なことになりそうだから、これはアルバスとだけ書いておく。

「できました。これでよろしくお願いします」

「分かりました。最初はアイアンランクから始めてもらいます。ランク制度について説明しますね」

冒険者にはランクが存在している。一番下がアイアン、そこからブロンズ、シルバー、ゴールド、プラチナ、ダイヤモンド、そしてブラックダイヤモンド。

ランクは依頼の達成率や魔物の討伐数などの実績を考慮した上で、冒険者ギルドの面接を経て上がっていくという仕組みだ。

「早速、何か依頼を受けていきますか？」

「お願いします!!　できれば魔物と戦えるやつ!!」

「魔物と戦えるものでしたら、これはどうでしょうか？」

受付嬢が提案してきたのは王都の近くにあるミスト大森林近辺での魔物退治だ。

「大森林内ではなく、近くの平原にいる魔物を倒してきてください。くれぐれも大森林の中には入らないように！　近辺に多くの冒険者、ギルド職員がいますので、何か困ったことがあれば気軽にお声がけくださいね」

「はい、分かりました。大森林までは何で？」

「馬車に乗ってもらいます。馬車の停車場へどうぞ」

僕は受付嬢の言う通り、冒険者ギルドにある馬車に乗り込んでミスト大森林へと向かう。

どうやらこの依頼は王国が発行しているもののようだ。

ミスト大森林は奥地に行くほど危険と言われているが、大森林近辺には弱い魔物しかいない。奥地に強い魔物がいるのが原因なのだとか。

「何かあったらすぐに報告するように。帰還の時は近くのギルド職員に声をかけてくれ」

「分かりました。ここまでありがとうございます！」

馬車の御者に礼を言って、僕はミスト大森林近辺の平原を歩く。

天気も良く、開けているため見通しがいい。

周囲に人もあまりいない。ここでなら思いっきり魔法を使えるだろう。僕は早速、魔法を一つ使ってみる。

『我が心音よ、神秘を紡《つむ》ぐ軌跡、その言葉を刻め。【心音詠唱《スペルビート》】』

心音詠唱。それは僕の心音を詠唱として代替する魔法だ。音属性の中核を成す魔法と言ってもいい。

僕はすぐさま次の魔法の準備に取り掛かる。視界は広くて、周囲の状況はよくわかる。けどもっと詳細に周囲の状況を確認するため、僕は魔法を使う。

「【索敵音《ソナーサウンド》‼】」

魔法名を発して、魔法を発動する。本当に詠唱抜きで発動した‼

魔力が音に変換されて、周囲に響く。この音は音属性魔法を使える者にしか聞こえない特殊な音だ。

周囲に広がった音は何かにぶつかると反射して、僕のところに戻ってくる。戻ってきた音は僕の中に魔力として取り込まれ、何にぶつかったのかなどの情報になるのだ。

本来は洞窟内などの複雑な地形で使う魔法。けれど開けたところでも十分に効果はある。索敵範囲三キロ。僕はその中にあるものを全て把握できた。

「二百メートル先に魔物が二体。これなら狩れそうだね」

僕は索敵音で見つけた魔物に向けて歩き出す。

索敵音の情報通り、二百メートル先に魔物が二体いた。緑色の肌、身長一メートルもない小柄な身体、手には棍棒《こんぼう》、腰にはボロボロの腰巻き、爬虫類《はちゅうるい》に似た顔の魔物。ゴブリンだ。

「初めて見たな。あれがゴブリンか？　よ、よーし、次は攻撃魔法だ」

ゴブリンは地面に落ちている鞄《かばん》か何かを漁るのに必死でこちらに気がついていない。

僕は手を突き出して、ゴブリンの一体に向ける。アイザックに受けた火炎弾を思い出して、僕は魔法名を唱える。

「【衝撃音《ショックサウンド》‼】」

「ゴギャ⁉」

それがゴブリンの最期の声だった。

――ゴオオオオォォン‼！　という巨大な音が響く。

その直後ゴブリンは身体がくの字に折れ曲がる。即死だ。

鐘みたいな大きな重低音を近くで聞くと身体が震える感じがする――それを攻撃に転化させたのがこの衝撃音だ。

要するにめちゃめちゃデカい音を衝撃波として放つ魔法だ。ただの衝撃波と違うのは音が内部まで響いて、外だけではなく、内部も破壊するというところ。

「グギャアアア‼！」

仲間が死んだのを間近で見たゴブリンが、咆哮《ほうこう》を上げながら突貫してくる。

落ち着け。ゴブリンにビビらず、引きつけてから次の魔法を使うんだ。

「【超音波《ウルトラサウンド》!!!】」

次はキィイイィンン!!　という甲高い音。

それが響くと同時に、ゴブリンはぴたりと足を止めた。

「……ゴ、ゴ?」

何が起きたか分からないみたいな声を出した後、ゴブリンはあらゆるところから血を噴き出して地面に倒れる。ゴブリンの血って緑色なんだ……。

超音波は対象を内側から破壊する魔法。索敵音と似ていて、魔力を音に変換して、敵に取り込ませる。

その後、相手の内部で超振動を起こして内側から敵を破壊するという結構エゲツない魔法だ。

「これは人間相手には使えないね。威力の加減も利かなさそうだし……」

血液とか内臓とか脳みそが超早くシェイクされるといえば凶悪性が分かるだろうか。

こんなもの人間に撃ったら即死だ。これはなるべく使わないようにしよう。

倒れた二体のゴブリンは魔石を残して消滅する。そのうちの一体は魔石だけじゃなく、牙《きば》も落としていた。

倒した魔物は魔石を残して消滅する。ただ稀《まれ》に魔石以外にも身体の一部分を残すらしい。牙はそれで残された物だろう。

「これが魔石と……ゴブリンの牙?　意外と硬い」

ゴブリンの牙は片手で握れるサイズ。先端から真ん中くらいまでがギザギザしている。地面に何度か軽く打ちつけても変形しない。刃物とかに使えそうだなこれ。

「さてと、次はなんの魔法を試そうか」

魔石と牙をポーチにしまいながら僕はそう呟《つぶや》く。

まだ試していない魔法がある。

次はどんな魔法を使おうかと考えている時だ。

「おいお前！　誰のナワバリだと知ってここで狩りをしていたんだ⁉」

大柄な体格の男性冒険者と、その取り巻きであろう二人の男性冒険者が僕のところに近寄ってきた。

「え……？　もしかしてここは誰かの所有地だったんですか？」

「オイオイ、ゴーカイ様。もしかしてこいつ新人なんじゃないですかい⁉」

「剣も持ってなければ冒険者としての基本装備もないなんてガチの初心者じゃねえか‼」

「ということはあれだな！　冒険者のルールをしっかりと教えてやらないとな‼」

勝手に盛り上がらないで、質問に答えてよ……。

いや、この平原が誰かの所有地っていうのは聞いてないから、これはこの人たちがただ勝手に言っているだけなのか？

「よし、初心者。お前にはここでのルールを教えてやる。いいか、この平原とミスト大森林の浅地で狩りをする時は、この俺！　ゴーカイ様に討伐した魔物の半分の魔石を渡すことになっているんだ！」

「ゴーカイ様はシルバーランクの冒険者！　この道十年の大ベテランだ!!」

「おら、分かったら魔石を渡しな!!」

……つまりこれはあれだ。横取りというやつだな。周囲をそれとなく確認してみると、周りの冒険者は露骨に僕らを避けている。

「俺はこの魔石とゴブリンの牙をいただく！　お前はこっちの魔石だけだな！」

「ちょ……ちょっと待ってください!!　おかしくないですか？　僕が倒した魔物なんですよ、貴方《あなた》に渡す理由がありません!!」

流石に納得できない。

魔石と素材を一方的に横取りするなんて、冒険者になったばかりの僕でも間違っていると分かる。

「あーん!?　お前、武器を持ってねえってことは魔法メインだな？　女神の儀は終えているだろ、何属性だ？」

「そ、属性ですか？　音属性ですけど」

属性の話は今は関係ないはず。

なのになんでこの人はわざわざそんなことをきいてくるのだろうか？

「ギャハハハ音属性⁉　四大属性持ちなら見逃してやっても良かったが、そんな聞いたこともないハズレ属性の雑魚《ざこ》にはなおさら厳しくしつけないとなあ‼」

「そうだそうだ！　ゴーカイ様は火属性の持ち主！　四大属性の持ち主なんだぞ‼」

「ゴーカイ様はお前みたいなハズレ属性の雑魚冒険者を守るためにここらを縄張りにしているんだ‼　これはゴーカイ様への献上だ！　とりあえず最初は全部もらっていくぞ‼」

「そ、そんな理不尽な……」

ゴーカイと取り巻きはゴブリンの魔石と素材を全部取ってしまう。

ゴーカイたちは冒険者として長いのか、武器や防具もしっかりしている。僕みたいな大した装備も持っていない初心者では太刀打ちできないだろう。

音属性魔法で抵抗したら、逆にやりすぎてしまうかもしれない。さっきのゴブリンみたいに殺してしまったら、冒険者を追放されてしまうだろう。

「じゃあな！　今度会った時はちゃんと俺たちに魔石を渡すんだぞ！　よしお前ら、今日は森の浅地で狩りだ！　いくぞ‼」

「へいゴーカイ様！」

「次会う時はちゃんと魔石用意しておくんだぞ‼　じゃあな！　ギャハハハ‼！」

ゴーカイ達は笑い声を上げながら大森林へと向かっていく。

「早々に変なのに絡《から》まれたなあ……。気にせず、次の魔物を倒しに行こう」

横取りされたのは仕方ない。

それだけ多くの魔物を倒せばいい話だ。幸い、魔力は全然使っていなくて、体力の消耗も少ない。

僕は次の獲物を探して歩き出す。仕切り直して、いろんな魔法を試すとしよう。

＊＊＊

「これで十体目!!」

ホワイトウルフという魔物を倒して、魔石を回収する。

いろんな音属性魔法を試すことができたし、すぐに魔石は沢山集まった。爪や牙みたいな副産物も多い。

「この辺の魔物は沢山倒しちゃったから、次を探すか……ん？」

次の魔物を探そうとした時だ。

僕は大森林から出てくる三人の冒険者を見かける。さっき、僕から魔石を横取りしたゴーカイたちだ。

「何か慌てて る？」

先頭を走るゴーカイの顔から焦りの表情が見える。

その直後だ。

「トレインだ‼　魔物が押し寄せてくるぞおおお‼‼」

冒険者の叫びが響く。

その声が響いたと同時、大森林の中から大量の魔物が列を成して現れる。

「何⁉　手が空いてる冒険者はすぐに向かえ！」

「新人冒険者を下がらせろ！　ギルドに連絡して、至急冒険者を寄越してくれ！」

トレイン。

何らかの原因でモンスターが列を成して現れる災害だ。ここでトレインをなんとかしないと、周囲の村や町に被害が出てしまう。

冒険者たちはそれを知っているのか、大森林の入り口に集まり、トレインの対処に当たる。

『火よ起これ！　敵を焼き尽くす巨炎を起こせ！　巨炎弾‼』

『水風混ざりて敵を穿《うが》て！　激流槍《そう》！』

「土よ、敵を潰……チッ攻撃か⁉」

周囲の冒険者たち魔法を発動する。四大属性の魔法が一斉に魔物たちへ降りかかるけど、大量にいる魔物の勢いは止まらない。

その勢いの強さは魔法使いの詠唱を中断させてしまうほど。パーティで後衛専門の魔法使いしか魔法を使わせてくれないのが現状だ。ソロだと魔法の詠唱をしている暇がない。

「あの規模の魔物の群れ……、あの魔法が使えるか」

このままでは近いうちに魔物たちは拡散して、様々な方面に散らばって手がつけられないことになるだろう。

今は大森林の木々によって、魔物の進行ルートは一直線になっている。周囲の木々や茂みが進行ルートを塞《ふさ》いでいるからだ。

けど大森林を出るとそこは開けた平原。そうなれば魔物は周囲に散らばって収拾がつかなくなってしまう。そうなれば周囲の村や町に被害が出てしまうかもしれない。

そうなってしまう前に、僕にでもできることをしなくては。

「【衝撃音二連‼】」

ドン！　ドン！と重低音が二回響き、列からはみ出した魔物が吹き飛ぶ。

「新人《ニュービー》か‼　無理せずに列からはみ出した魔物を処理してくれ‼　いいか、列自体をなんとかしようとはするな！　王都から救援が来るまで耐えるんだ！」

「分かりました‼」

僕の近くにいた先輩冒険者は風属性の魔法で列本体を攻撃しながら、列からはみ出した魔物を剣で倒す。

「ゴギャアアア‼！」

「【衝撃音‼】」

魔法の扱いに慣れてきたのか、衝撃音一回でゴブリン二、三体を巻き込んで倒すことができた。

「魔法名だけで魔法を⁉　君は一体……」

「話は後です！　次が来ます‼」

ゴブリンやホワイトウルフが列から離れて押し寄せてくる。

「君の言う通りだ。『風よ起こり、弾と化せ。我が敵を撃て！　風魔弾！』君は武器を持っていない、俺の後ろで援護に徹してくれ」

先輩冒険者は素早いホワイトウルフを魔法で倒して、ゴブリンを剣で倒す。

魔法と剣技を組み合わせたお手本のような戦い方だ。僕も剣が使えたらこんな風に戦えるようになるのだろうか？

「クソッ！　勢いが衰えないな‼」

「はみ出た魔物を倒すだけでも精一杯ですっ！」

倒しても倒してもトレインが終わる気配がない。

列の勢いが衰えて、少しでも近づくことができれば試せる魔法があるのだが……。

「……いや、どうやら王都から本命が来たようだ」

「え？」

その瞬間だ。僕は全身で大量の魔力を感じる。

その直後、空から青色の火球が落ちてくる。一つ二つではない。十個以上だ。

青色の火球はトレインに着弾。その後に爆発《ばくはつ》を起こして、多くの魔物を跡形もなく消し飛ばす。

衰える様子がなかった勢いが、空から落ちてきた火球によって少し止まる。

「今なら……!!」

「お、おい!!　どこに行くつもりだ!?」

さっき感じた魔力を今は感じない。トレインに大きなダメージを与えたが、完全ではなくまだ残っている。

トレインの勢いが止まった今がチャンスだ。このトレインをまとめて倒せる大規模な魔法。魔法書でこれを見た時、僕はこれを使いたくて使いたくて仕方なかった。

僕は好奇心と興奮を胸にトレインの前へと駆け出す。一秒でも早くこの魔法を使いたい、その結果自分の身がどうなっても。そんな衝動に駆られて。

僕はありったけの空気を吸い込む。トレインに近づき、魔物たちの目の前で魔法名と共にそれを解き放つ。

「【爆音波《バーストサウンド》!!！】」

ズガアアアアンン‼！　という火薬が大爆発したみたいな轟音《ごうおん》、そして巨大な衝撃波が起こる。

「ぐ、ギャアアア‼⁉」

近くにいたゴブリンは轟音と衝撃波で吹き飛んで、空中で叫び声を上げながら爆散する。

そして音と振動は近くの魔物に伝播し、魔物たちは次々と爆散していく。

「やった……‼」

僕は次々と爆散していく魔物たちを見て、自分の勝利を確信する。

爆音波。僕が読んだ音属性の魔法書では最大の威力を誇る魔法として記載されていた。

爆発のような音を出して、強い音と振動を相手にぶつける魔法。衝撃音よりも範囲が広く、威力が高い。

この魔法の真骨頂は音が伝播すること。近くにいた敵に音が伝播し、音は伝播する度に強くなっていく。

大量の魔物たちのほとんどはこの魔法で吹き飛んだ。

「う、ウオオオすげえぞあの冒険者！　残っていたトレインを一人でほとんど倒しやがった‼」

「おい、あいつが使った魔法を知っている奴《やつ》はいるか⁉　あんな魔法見たことないぞ⁉」

「それよりもあいつがパーティに入ってるかどうかだ！　将来有望だ。絶対にパーティに入れたいぞ!!」

周囲の冒険者たちから歓声が上がる。僕はそれを聞いてつい気を緩めてしまう。まだ魔物が残っていないか確認しないまま。

「グオオオオ!!!!」

傷だらけになった大熊の魔物が接近していたことを、僕は気がつかなかった。

ジャイアントグリズリー。体長が五メートル以上もある巨大な魔物だ。

こいつの恐ろしいところは巨大な身体からは想像もつかないほど素早いところ。爆音波を耐え切って、気がつかれないように近づいたんだ!!

「目標確認。敵性個体ジャイアントグリズリー。近辺に冒険者を確認。魔力の出力を制限、白兵戦闘にて仕留める」

僕が身の危険を感じたと同時、青色の炎を纏《まと》った何かが僕の前に降り立つ。

サファイアのような青色の髪。全身に纏っているのは青と銀の鎧《よろい》。兜《かぶと》は竜の頭部を模した形だ。

一瞬だけど聞こえた声からして女性だろうか？　僕よりも少し小柄だ。

腰に下げている四本の剣。そのうちの二本を引き抜き、十字に斬りつける。

「ぐ……オオ」

ジャイアントグリズリーが倒れる。僕の前に立っていた彼女がくるりと軽やかに振り向く。

「間一髪。大丈夫？」

「え、まあ……はい。ありがとうございます」

先ほども聞いた鈴を転がしたような高く綺麗《きれい》な声。

「そう、それは良かった」

兜で顔は見えなかったけど、声色は安堵《あんど》しているものだった。おそらく表情も同じものなのだろう。

「おいあれって、竜騎士じゃないのか⁉」

「竜騎士といえばブラックダイヤモンドの冒険者だろ⁉」

「俺一回見てみたかったんだよな～～‼　まさかこんなところで見られるなんて‼」

彼女を見たであろう冒険者たちが歓声を上げる。彼女は困ったように肩をすくめた。

「そう言われるのもまだ慣れないな……。ギルドには私から報告しておく。彼の活躍も含めて！」

彼女の一声が冒険者たちへと響く。冒険者たちも納得したかのように見えたその時だ。

「おい待て‼　俺は知っているぞ‼　こいつがトレインの元凶だ‼」

唾を飛ばしながら僕らのもとに、ゴーカイがやってきた。

「それはどんな証拠があって言っているんだ？」

ゴーカイの言葉に反応したのは、目の前にいる竜騎士だった。

竜騎士の声は先ほどとは打って変わってどこか冷たい。そんな声色に臆することなく、ゴーカイはこう言う。

「こいつが大森林の奥でジャイアントグリズリーを攻撃して怒らせたんだ‼　それが原因でトレインが起きた‼　こいつがトレインの元凶だ‼」

「それは本当なのか？」

竜騎士の視線が僕に向く。射抜くような鋭い視線を肌でピリピリと感じる。

「ちがいます。僕は大森林の中に入っていません。ずっと平原にいました！」

「嘘《うそ》を言うな！　俺たちは見ているんだぞ！　お前が魔法で寝ているジャイアントグリズリーを起こしたのを‼」

「そうだそうだ！　ゴーカイ様の言う通り、俺たちは見ていたんだぞ‼」

「ハズレ属性が言い訳をするな！」

僕の答えに対して、ゴーカイと取り巻きたちは間違っていると言う。

トレインが発見される直前、大森林から逃げ出してきたのはゴーカイたちだ。ゴーカイたちがトレインを起こしたと思うけど、それを証明する手立てがない。

「彼の潔白は、俺が証明しよう！　彼はトレインが起きて参戦する際、平原の方からやってきた！　それに彼はまだ武器も装備も整っていない初心者。そんな彼が大森林の奥地に行くわけがない‼」

「それにお前たち、ゴーカイだろ⁉　初心者冒険者から魔石を巻き上げていると聞くぞ！」

「俺も今日難癖《なんくせ》をつけられて魔石を取られた！」

「そこの彼は勇敢にトレインと戦った！　それに比べてお前たちは戦いに参加していないじゃないか‼」

周りの冒険者たちの声にうろたえるゴーカイたち。ゴーカイは背中のクラブを引き抜く。

「し、知るか‼　俺はシルバーランクの冒険者なんだぞ！　こんな武器も持っていないような初心者よりも、俺の方が偉いんだあああ‼！」

あろうことか、そのクラブを思いっきり振りかぶって、僕に攻撃してきたのだ‼

これが魔物だったら反撃できたけど、音属性魔法で人に攻撃するのは、あまりにも凶悪だ。ゴブリンの内臓や脳をシェイクして殺すような魔法は、人に向けて使えない。

だから攻撃ではなく、防御。魔物相手に使う機会はなかったけど、防御用の魔法も音属性にはある。その名を。

「【音波障壁《ウォールサウンド》】」

「うおおおおお‼‼」

ガキン！　ベキャ‼！

「ギエエエエエ‼？　俺様のクラブと腕がアアアアア‼‼」

ゴーカイの鋼鉄でできたクラブは真ん中でへし折れ、クラブを持っていた左腕はあらぬ方向に曲がっていた。

音波障壁。障壁という魔力の壁を生み出す魔法に、振動を加えた魔法だ。振動が加わることで近接攻撃に対して反撃できるようになった。

反撃の威力は高くないが、見ての通り、鋼鉄を砕き、振動で人の腕をへし折るくらいの威力はある。人間相手にはこれで十分だろう。

「ご、ゴーカイ様⁉　お、お前～～初心者冒険者だからといって調子に乗るなよ！」

取り巻きの一人が剣を引き抜いて、僕に攻撃する。音波障壁はまだ継続中なので当然……。

ガキン‼　ベキャ！　ボキボキ‼！

「ウギャアアアアア‼！　俺の腕と剣がアアアアア⁉」

取り巻きの剣と腕もへし折れた。

「グギギギギ……‼　ハズレ属性のくせして調子に乗りやがって‼」

最後の取り巻きは僕を見ながら悔しそうにそう言う。

「ゴーカイとやら、お前たちの言い分は分かったが一連の行動や周囲の反応を見るに、とても信頼に値するとは思えない」

一連の流れを見ていた竜騎士が口を開く。腕をへし折られて痛がっていたゴーカイたちは、竜騎士の言葉を信じられなそうな表情で聞いていた。

「それにジャイアントグリズリーを見て思ったが、体毛が中途半端《ちゅうとはんぱ》に焼けた跡が幾つかある。

これは中途半端な火属性で攻撃した跡だ。私の魔法ではこんな風に焼けない。当たった時点で消し炭だ。だからこれは私以外の誰かが、い、い、い、攻撃した跡だ」

竜騎士の言葉にビクリとゴーカイの肩が震える。

そういえばゴーカイはさっき自分のことを火属性って言っていたな……。

「彼の属性は定かではないが、敵を焼くような属性ではないことは確かだ。ゴーカイ、お前の属性はなんだ？」

「……火属性だ。だ、だが！　トレインにいたんだから攻撃されていたんだろ⁉　俺を疑うのはおかしくないか⁉」

ゴーカイの慌てようがおかしい。額に汗をかいて、痛みを忘れて必死な様子で弁明している。

「それはないな」

竜騎士はキッパリとゴーカイの言葉を否定し、冷静な口調で言葉を続ける。

「トレインは強い魔物から弱い魔物や冒険者が逃げることで発生する。今回の場合、ジャイアントグリズリーが一番強い魔物だ。だから、ジャイアントグリズリーはトレインの一、い、い、い、一番奥にいるはずなんだ」

トレインの発生は簡単に言うとこうだ。

強い魔物が怒る。

その後、強い魔物に怯えた弱い魔物たちが強い魔物から逃げようとする。

それが連鎖して、長い列となる。

このことから、強い魔物は必然的にトレインの奥側となるのだ。

そして、青い火球による爆撃が行われた時、トレインの奥側はまだ大森林の中だった。

「私の火球は大森林の中までは攻撃していない。つまり、この焼けた跡は、トレインが発生する直前につけられたものだ。これ以上の説明は必要か？」

竜騎士は僕の無実を証明して、さらにゴーカイたちの罪までさらけ出した。ゴーカイたちは何も言えず、ただ黙りこくっている。

「それに誰がトレインを発生させたのか調べれば分かることだ。とりあえず今は彼の無実だけを私が証明しておこう」

「ぐぬぬぬぬぬ!!！　お、覚えておけよお前ら!!　必ず後悔させてやるからなー!!！」

ゴーカイは自分が不利だと悟ったのか逃げるように走り去っていく。その背中を取り巻きたちは追いかける。

「いいんですか？　その……僕の無実を証明するだけで……」

「ん？　状況証拠だけで罰を与えるわけにはいかないからな。証拠を集めるのは私の仕事ではなくてギルドの仕事だ。そうだろう？」

「はい。今回のトレインは総力を上げて調査させていただきます」

メガネをかけた長身の男性ギルド職員がそう言う。なんというか馬鹿真面目《まじめ》みたいな印象を受ける見た目と話し方だ。

「それとアイアンランク冒険者アルバス。君にはトレイン討伐の功労者として、シルバーランクへの二段階ランクアップと、ギルドより特別報酬を授与する。

詳しい話をするため、ギルドまで来てくれるだろうか？」

「え……僕がトレイン討伐の功労者……？」

待ってくれ、僕は大したことはしていない！

ただ試した魔法がうまくいっただけで、それを言うなら奮戦してくれた他の冒険者にこそ与えられるべきものだ。

「ぼ、僕はただ使ってみた魔法がたまたまうまくいっただけで……僕よりも相応しい人は他にいると思います！」

僕がギルド職員にそう言って数秒間沈黙が流れる。

「それでも君は駆け出した。あのトレインの前まで勇敢に。そしてトレインを止めたのは君だ。君が受け取るべきものだ」

沈黙を破ったのは、さっき僕と一緒に戦った先輩冒険者だった。

先輩冒険者の声に続いて、周囲の冒険者たちも僕へ声をかける。

「そうだそうだ！　お前のガッツ良かったぜ！」

「とんでもない魔法が使えるんだ！　アイアンランクなんてさっさと抜けちまえよ!!　強いや

つは俺たちも大歓迎だ！」

「新人のうちはもらえるもんもらっとけ！　どうせ損はしねえんだ‼」

周囲の冒険者たちは僕のことを称賛していた。

昔、父から沢山褒められたが、こんなに多くの人から褒められるのは初めての経験だ。

無能って呼ばれて追放されたせいだろうか。冒険者たちの言葉が妙に心にしみるのだ。

「この声が君の評価だ。その評価は受け取ってもいいんじゃないか？」

竜騎士が僕にそう言う。その声はどこか優しげだ。

「分かりました！」

謙遜しすぎるのも良くないと思い、僕は素直に自分への評価を受け取ることにする。

「ギルドまで送ろう。この馬車に乗りたまえ」

僕はギルド職員に案内されて、馬車へと乗り込むのであった。

＊＊＊

冒険者ギルドに戻った僕は応接室に通されていた。

応接室で待っていること数分。応接室の扉が開き、若い少女が入ってきた。

肩まですらりと伸びた金髪に碧色《あお》の瞳が目を惹《ひ》く妖艶な少女だ。僕よりも小柄で、童顔だが雰囲気は老齢の魔女を彷彿《ほうふつ》とさせる。

「すまぬすまぬ、仕事が立て込んでおっての。ちと待たせてしもうたの」

「い、いえ全然大丈夫ですっ！　ことが急すぎて、僕も頭の中を整理したかったので……‼」

トレインが起きてから今まで。まだ受け入れられないことが多すぎて、頭がパンクしそうだ。

そんな僕の様子を見てなのか、目の前の少女はくつくつと笑う。

「……何か笑われるようなことをしましたか？」

「いや何。あの竜騎士がベタ褒めしていたと聞いていたからどんな豪胆な冒険者かと思えば、こんなこわっぱとは思わなくての」

こわっぱ……。僕よりも小柄な少女にそう言われるとなんだか複雑だ。

少女は笑いながらも、僕の隣に座る。

え⁉　なんで隣⁉

「近くで見てみるとなるほど、よほどいい生活をしてきたようじゃの。アルバス……家名を除いているが、お主貴族の出だな？」

元貴族であることは誰にも話していないのに、この人は一瞬で言い当ててしまう。身なりや体つきから判断したのだろうか……？

「た、たしかにそうですが……近いです」

少女はまるで舐《な》め回すかのように僕を見つめる。

ふわりと花の匂《にお》いが鼻をくすぐる。ダメだ。刺激が強すぎて、頭がクラクラしてきた。

「悪い悪い。ついつい愛《う》いから、からかいたくなった。許せよ、アルバス。家名を名乗らない理由は聞かないでおいてやろう」

少女は満足したのかぴょんと身を引き、次は僕の対面に座る。

「さて、自己紹介じゃ。わしの名前はエレノア・ヴィ・フローレンシア。冒険者ギルドの長《おさ》をやっておる」

「ぎぎぎ、ギルドマスター⁉」

この人そんなに偉い人なの⁉

というかギルドマスターが直々に⁉　僕、今日冒険者になったばかりだよ⁉

「面白い反応ありがとう……くっくくっ、お主《ぬし》は本当に面白いのぉ」

「は、はあ。どういたしまして？」

ギルドマスターもといエレノアは肩を震わせながら笑っている。

数秒後、笑い終えたエレノアは僕にこう言う。

「さて本題じゃ。先ずはトレインの騒動についての報告は聞いた。お主の魔法がトレインを止める決定打になったと話は聞いておる」

「そんな……僕は青い火球の爆撃に乗じただけですよ。ジャイアントグリズリーも倒せず、竜騎士に助けてもらっただけだし……」

僕が爆音波を撃てたのは、青い火球による爆撃があったからだ。あれでトレインの動きが止まり、僕は魔法を使うことができた。

その後、生き残っていたジャイアントグリズリーに気がつかず、竜騎士に助けてもらったから手放しでは喜べない。

「そう謙遜するな。粗はあるが、お主が活躍したことには変わりない。ギルドとしてはアイアンランクからシルバーランクへの二段階昇進、それと特別報酬としてお主が望むものを与えようと思っている」

冒険者初日で二段階昇進は破格だ。それに加えて特別報酬までくれるなんて、至れり尽くせりもいいところだろう。

けれど望むものを与えると言われても、何も思いつかない。

「さてさて、どんな物がご所望かな？　よほどの無理難題でない限り、わしはどんな物でも用意してやるぞ？」

「そう言われても思いつかないんですよね欲しいもの……。まだ冒険者になりたてですし、これといって求めている物があるかというと……」

「なるほど確かにそうじゃ。そうじゃのう、過去の例を挙げるとすれば魔剣を求めてきた奴はおったの。あとは滅多に手に入らないような貴重な魔法書、魔道具とかか。もしくは高ランクパーティへの招待状とかもあったの」

具体例を挙げられてさらに選択肢が増える。

魔法書や魔道具は魔法使いにとって魅力的だ。

魔道具は魔道具でいろんな効果を持っている。魔力を増強したり、魔法効果を増大したりと色々だ。ごく稀に、着けている間、自分に新しい属性を付与する魔道具というものもある。

冒険者稼業をやるなら魔剣も捨てがたい。魔剣は魔法が付与された剣で、魔力を注ぎ、簡単な詠唱だけで強力な魔法が使える優れものだ。

でもそうか魔法書。魔法書があったか。図書館では見つけられなかったけど、音属性の魔法書がまだある可能性は全然ある。今の魔法書を見つけて満足していたから、魔法書という選択肢を無意識に除外していた。

「うーーーん、色々悩んだんですけど、魔法書ってお願いできますか？」

「ほう？　何属性の魔法書がお望みかな？　わしの手にかかれば四大属性だけではなく、それ以外の希少属性の魔法書も用意できるぞ。まあ、希少属性は属性によってピンキリじゃが」

「本当ですか⁉　じゃあ、音属性の魔法書をお願いします‼」

音属性と聞き、エレノアの眉《まゆ》がピクリと動く。

「音属性……。なるほど、お主希少属性の中でも一層珍しい属性を発現させたのか」

「やっぱり音属性って珍しいんですね……。というか、さっきから希少属性って言ってますけど、それは？」

「今はこう言わんのか。今風に言うとハズレ属性じゃな。わしの時代は希少属性と呼んでいたが、いつの間にかああいう呼び方になっていたのう。わしは嫌いじゃから、ぜってー言わんが」

ハズレ属性って昔は希少属性って呼んでいたのか。魔法の歴史については人並みかそれ以上には詳しい自信あるけど、そんな記述どの書物にもなかったぞ？

なら、呼び方が変化したのは歴史書に載らないほど最近のことなんだろうか？　それとも昔とか地域特有とか……考えれば考えるほど分からなくなる。

「音属性か……。あまり期待はせんでくれ。雷とか毒ならまだしも、音属性はあまりにも希少すぎて用意できるかは確約できん。ああ言った手前だが」

「むむむ……。大図書館でも偶然一冊見つけられたんですけど、やっぱり少ないんですね音属性」

「発現者の絶対数がいないからのお。四大属性が幅を利かせているのは、発現者が多いからじゃ。発現者が多ければ多いほど、魔法書に自分の研究した魔法を遺《のこ》せば金になる。多くの人が読むからな。しかし、発現者が少ないと」

「お金にならないから、遺す人は限られてしまうということですか？」

「その通り。だからまあ期待せずに待ってくれ。わしも可能な限り、魔法書を見つけられるよう努力しよう」

音属性の魔法書を手に入れること。それが難しいことを改めて知る。

大図書館で音属性の魔法書を手に入れた僕は相当運が良かったのだろう。

「なるべくで大丈夫です。お願いします」

「おう任せておけ。わしは早速魔法書を探すから、これでお開きとしよう。受付で討伐報酬だけもらっていけ。用意させてある」

エレノアはそう言いながら立ち上がる。

そうか。トレイン討伐に参加すると、討伐した魔物の数に応じて報酬がもらえるって、何かの本で読んだことがある。

「それじゃ、お主には期待しておるぞ。また進展があればこちらから連絡するから、待っておれ」

「はい！　よろしくお願いします‼」

僕はエレノアに頭を下げて、受付へと向かう。

「魔物の討伐報酬をもらいに来ました。アルバスです」

「アルバス様ですね。トレインの討伐報酬が用意できています。少々お待ちください」

受付嬢はニコリと微笑《ほほえ》むと受付を離れてギルドの奥に行ってしまう。

トレインの討伐報酬がどれほどもらえるのか分からない。昔聞いた話だと、参加した冒険者で報酬を山分けするのだとか。

「沢山冒険者いたし、そんなに沢山はもらえないよね」

先のトレインで戦っていた冒険者はかなりの数だ。大量の魔物がいたとはいえ、冒険者の人数も多いのだからそんなに沢山の報酬は期待できないだろう。

と思っていた矢先、僕はとんでもない物を目にする。

「こちらがアルバス様の報酬となります」

「………………え？」

どかっと受付に置かれたのは、大きな皮袋に詰められた大量の硬貨だった。

それをみた周囲の冒険者たちはひそひそと話し始める。

「おい、あいつ何を狩ってきたんだ？」

「知らないのか？　さっきあったトレインのほとんどをあいつが倒したらしいぜ」

「マジかよ⁉　身なりからして魔法使いか？　広範囲の大規模魔法でも使えるのかあいつ⁉」

冒険者たちに話が広まるのは早いみたいで、まだ一時間かそこらしか経《た》っていないのに、もうトレインの話は広がっている。

それも真実とは少し違う形で。

いやいやいや、僕がトレインに大ダメージを与えたのはもう認めるけど、それよりも大きなダメージを与えたのは竜騎士だからね？

「ちなみにこれってどれくらい入ってるの？」

「六百万ゴルドですね！」

ろろろろろ、六百万⁉

僕が追放された時に数日分の生活費として持ち出したのが五千ゴルド、昨日泊まった宿がご飯もろもろついて八百ゴルド程度。

労働者が一ヶ月に稼ぐのは、仕事にもよるけど平均十五万ゴルドだ。一日で六百万を稼ぐ仕事なんて数える程度しかない。

「あわわわ……こんなに沢山のゴルドを見たことない」

「私も受付嬢やって数年ですが、こんなに稼いだアイアンランク冒険者は貴方が初めてですね〜〜」

やっぱりそうだよね……。

「それに加えてアイアンランクからシルバーランクに二段階昇進です！　多くの特典が付与されますのでこちらの本を渡しますね！」

受付嬢は本を僕の前に置く。シルバーランク冒険者の手引きと書かれた本だ。

特典……というのがいまいちピンと来ないので、僕は受付嬢に問う。

「シルバーランクに上がることで何か変わったりするんですか？」

「ええ！　先ずは依頼の幅が広がります！　それに加えて、王都での一部施設への立ち入り、利用許可、遠方に行く際の移動費の補助など、これからの冒険者生活を快適にするような特典が様々もらえますよ！」

そんなに沢山……!!　ずっとグレイフィールド家で魔法や社交の勉強ばかりしていたから、冒険者がこんなに優遇されるなんて思ってもいなかった!!

音属性の魔法を試してみただけで、こんなにも至れり尽くせりとは思わなくて、僕は驚くばかりだ。

色々と説明を受けた後、僕は冒険者ギルドを後にする。

ちなみに報酬でもらった大量のゴルドはほとんどギルドの金庫に預けた。父が浪費癖があって、家計が火の車になった嫌な出来事から、お金の扱いには注意している。

昨日泊まった宿に戻り、僕は魔法書のコピーを取り出す。

「これのおかげでこんなことになるなんてね」

たまたま見つけた音属性の魔法書。

音属性の魔法がこんなにも強く、使いやすいものとは思わなかった。

ハズレ属性なんて色々と言われてたけど、案外そうじゃないのかもしれない。って思いつつある自分がいる。

「確かに魔法書の数も少なかったし、ハズレ属性といえばハズレ属性だけど、やれることは意外と……」

僕はペラペラと魔法書をめくってあるページで手を止めた。そのページに記されていた魔法に、僕は目を引かれたからだ。

「【声帯付与《エンチャントボイス》】……？」

それは声を付与する魔法だった。主な使い道は動物などにこれを使い、コミュニケーションを取れるようにするというもの。

僕はこの魔法にある可能性を見いだしていた。

「王女様の治療……」

声を失って、王都を騒がせている王女。

僕が王都に来て丸一日経過するが、まだ王女は声を取り戻していないらしい。

ちらりと聞いた噂《うわさ》だと、どんな治療法や魔法でも王女の治療はできなかったという。国王はまだ治療できる人を探しているらしい。

「治療ではなくて……声を与える」

逆転の発想といえばそうだろう。

それができるのは、音に特化している属性である音属性だけだ。他の属性では声を与えることなんてできないだろう。

「試してみる価値はあるか……!!」

今日は夜も更けてきた。

明日から声帯付与の練習をしなくてはならない。付与系の魔法は扱いが難しいからだ。

「よし!!　明日からとにかく練習だ!!」

僕は決意を新たに、明日へと備えるのであった。

断章一『一方その頃アイザックは』

「くそッ‼　なんで上手くいかねえんだ！」

アイザック・グレイフィールドはそう言いながら地面に魔法書を叩《たた》きつける。グレイフィールド邸の地下から引っ張り出した火属性の魔法書。最初こそは難なく魔法を取得できたが、中盤に差し掛かったところでピタリと取得できなくなったのだ。

「これくらいの魔法……これくらいの長さの詠唱。兄貴ならすぐにできただろうが！」

魔法は詠唱が長くなるほど高度な技術を要求される。アイザックが練習していたのは火属性の大規模攻撃魔法。それはくしくも、アルバスがぶっつけ本番で使った爆音波と同レベルの魔法だった。

「属性なんて持っていても、魔力がなければなんの意味もねえ。兄貴ならもっと……なんで俺《おれ》はいなくなった奴《やつ》のことを考えているんだ！」

兄の影がアイザックの脳裏から消えない。

世間一般的に見れば、アイザックの方が優れているはずなのに――

急かずに鍛錬を続ければいずれは偉大な魔法使いになることが約束されているはずなのに――

ハズレ属性で追放されたアルバスよりも恵まれているはずなのに――

兄のことを忘れられずにいた。アルバスの方がもっと出来る。アルバスはこんなところで苦戦しなかっただろう。そんな想像がアイザックの精神をすり減らす。

「あの……アイザック様。ご主人様がお呼びです。至急部屋に来るようにと」

「アァ⁉　……こんな時になんの用っていうんだ。すぐに行く」

びくりと震えた使用人を横目に通り過ぎていくアイザック。使用人が地面に落ちている魔法書に手をかけようとすると……。

「おい、余計なことをするんじゃねえ」

一瞥《いちべつ》もくれることなくそう口にして、アイザックは父のもとへ向かう。


「お前には王都に向かってもらう」

「アァ……？　いきなりなんの話だよ親父《おやじ》」

父のザカリー・グレイフィールドから開口一番に告げられたのはそんな内容の話だった。アイザックは唐突に王都へ行けと言われ、顔をしかめる。

そんなアイザックに対してザカリーは小さくため息をついた後、アイザックへそう言った経緯を話す。

それは今、王都を騒がせている声が出なくなった王女についての話。

「……ということだ。お前の腕を磨くためだアイザック。グレイフィールド家に伝わる魔法書がある。この中にある【生命の清流】という魔法をお前には覚えてもらう」

ザカリーはアイザックの前に古びた魔法書を置く。それは代々、グレイフィールド家の者たちが生み出した魔法が記された相伝の魔法書だった。

「なんで俺がそんなことを……。俺は攻撃系の魔法を覚えたいんだ！　それに、俺たちがわざわざ行く理由なんかあるのか？」

「何を言っている‼　王女を救えば国王から直々に恩賜が手に入る！　そうなればお前の立場、そしてグレイフィールドは不動の地位を手に入れられる！」

ザカリーの言葉に対して、アイザックは内心舌打ちをする。国王からの恩賜に目がくらんだザカリーの表情が気に食わなかったからだ。アイザックが乗り気でないことをザカリーは察したのか、ザカリーはアイザックへ優しく声をかける。

「昔から王女のことを好いていたじゃないか。お前が王女の窮地を助ければ……恩賜以上にいいことがあるかもしれんぞ？」

「……そういうのを求めているわけじゃ。いや、まあそうだな。それもいいかもしれねえ」

アイザックはふと思う。自分がアルバスのことを忘れられないのは、アルバスを超えたという明確な何かがないからだと。

ここで王女を助ければ、名実ともにアルバスを超えたことになるだろう。そうすれば自分の頭の中からアルバスの影も消えるはずだ。そう考えたアイザックは薄く……けれど確実にニヤリと頬《ほお》を歪《ゆが》めた。

「おお!!　やってくれるというのか!!　私は嬉《うれ》しいぞ。こんなに熱心で優秀な息子が跡取りになってくれて!!　全く、あの愚か者に今のお前を見せてやりたいくらいだガハハハ!!」

そんなザカリーの笑い声が屋敷中に響き渡るのであった。

第二章『王女と呪縛』

声帯付与《エンチャントボイス》の練習を始めてから数日が経過した。

声帯付与をほぼ完璧《かんぺき》に使えると言ってもいいだろう。不安なところが一つあるとすれば、それは人間相手にはまだ使ったことがないというところ。

数日間の練習中に何度か自分に声帯付与を使ったことはあった。しかし、魔力が気持ち減る程度で、それ以外に変わったところは無かったのだ。

「人間の声を付与する魔法だから当然といえば当然なんだけど……」

知り合いが少ないから、他人にかける機会が無かったのは残念だけど、魔物や動物にかける勢いでかければきっと大丈夫なはずだ。

ちなみにこの数日間、王女を治療できる人は現れなかった。依然として、王女の声は失われたまま。

僕は可能な限りの準備をして、王城へと向かおうと、宿を出る。その時だ。

「君は……トレインの時の冒険者じゃないか。息災だったかい？」

ふと聞き覚えのある声に、僕は足を止める。

長い青髪を後頭部で縛り、紅玉のような赤色の瞳《ひとみ》が目を引く美少女。僕と同年代か、一個下くらいだろうか？　小さな背丈と相まって、少し幼く見える。

……こんな知り合い、僕にいたか？　いやでも声は聞いたことあるし……うーん。

「すみません……。どこかで会ったことありましたっけ？」

「ん？　ああそうか。あの時は戦闘中だったからな。これを被《かぶ》ればわかるか？」

彼女は目を閉じて、そっと呟《つぶや》くように詠唱する。

『魔力よ、我が鎧《よろい》を顕現させよ。魔力換装！』

一瞬にして彼女の姿が変わる。僕はその変わった姿を見て、彼女が何者なのかようやく理解する。

「あ……その鎧、竜騎士さんですか⁉」

「そう。普段はこの姿だから、知り合い以外、君みたいな反応を示すことを忘れていたよ」

竜騎士は肩をすくめながらいうと、鎧の姿から私服へと姿を変える。

しかし、一瞬で鎧に換装する魔法か……何属性の魔法なのか検討もつかない。いや、無属性に同じようなものがあった気も……。

「あと、この時の私は竜騎士ではなく、エレインと呼んでくれ」

「じゃあエレインさん……。僕のことはアルバスでお願いします」

「そうか、ではアルバス君と呼ばせてもらうよ。見た感じ、同年代だからさん付けは不要なのに」

エレインはどこか残念そうに言うけど、エレインが大人びた雰囲気と話し方だから自然とかしこまってしまう。

「アルバス君は今日は冒険者稼業かい？」

「いえ、王城に行こうかと」

僕の言葉を聞いて、エレインはほう、と興味深そうに口にする。

「アルバス君も王女様の治療に名乗りを上げるとは驚きだ。治療が難航しているという。何かあるのかい？」

「大した物では……。ただ、僕の属性であればもしかしたらと思って」

「なるほど、属性魔法か。ふむ、予定もないことだし王城まで着いて行ってもいいかな？」

エレインは僕の顔を覗《のぞ》き込みながらそうきく。

僕としては断る理由はない。ただちょっと、緊張はするけど……。

「大丈夫ですよ」

「ふふふではお言葉に甘えて着いて行くとしよう。アルバス君には興味があったんだ。まだまだ話したいこともあってね」

エレインは嬉《うれ》しそうに微笑《ほほえ》む。けど、僕がエレインもとい竜騎士に興味を持たれることなんてしたのかな？

「竜騎士に興味を持ってもらえるなんて光栄ですけど、僕何かやりましたっけ？」

「エレノアの言う通りだな君。動きが止まったとはいえ、トレインの真正面に突っ込んでいくなんて、勇気と無謀を履《は》き違えているような行為だぞ？

アルバス君の場合、それで本当に止めてしまったからさらにすごいのだが」

「無謀……でしたかね？」

「ああ、空から見ていたが私も冷や冷やしたくらいにな」

無謀だったんだあれ。確かにまあ、今思い返すと僕だけだったもんなあそこに突っ込んで行ったの。

「そういえば僕が突っ込む前、爆撃みたいに魔法が降《ふ》り注《そそ》ぎましたけど、あれはエレインさんが？」

「ああ、あれか。私の魔法だ。本来ならあの魔法でトレインを殲滅《せんめつ》する予定だったんだがな、アルバス君の魔法のおかげでかなり楽できたよ」

「それは良かったです。まあけど、あの後エレインさんが助けてくれなかったら、僕どうなっていたか分かりませんけど」

トレインの大方を倒すことができたけど、あの後ジャイアントグリズリーに襲われて間一髪のところで助けられている。

エレインが間一髪のところで来てくれなかったらと思うと肝《きも》が冷えるばかりだ。

「君ならあそこからなんとかできたと思うが……見えてきたな、こっちだアルバス君」

エレインはスタタタと前に駆け出す。エレインが駆け出した先は王城前の大広場であった。そこは多くの人でごった返している。

その人たちの中に見覚えのあるような顔がいた気がするけど……気のせいだろうか？

「私にできることは何もないが、君の応援くらいはするよ。君はトレインを止めた英雄だ。きっと、できるさ」

「できるかどうかはともかく、自分のベストを尽くします。ここまでありがとうございました！」

エレインから激励の言葉までもらってしまった。ここまで一緒にいてくれたことでさえ、夢のような時間だったというのに、激励の言葉までもらえるなんて……本当に夢みたいだ。

声帯付与の魔法を練習したんだ。きっと王女様の力になれるはず、僕はそう思いながら王城へと歩き出す。

王城の中は元貴族の僕でさえ、腰を抜かしてしまうほどの大きさと広さであった。

そこに騎士、スタスタと機敏に働く使用人、治療に来ただろう魔法使いたちが一堂に会していた。

「アルバスと言います。王女様の治療に協力するために来ました」

「治療に名乗りを上げてくれたこと、感謝します。先ずはこちらで持ち物検査などを」

僕は使用人に案内されて、数々の検査を受けることになる。

持ち物検査から始まり、使用人と騎士による面談、書類の記入など。

貴族や信頼のおける人からの紹介ならともかく、僕みたいな飛び入りは多くの検査を受けた上で、無害と判別されなければ王女様のところに行くことはできない。

「アルバス、君は問題なしと判断し、今から王女様のところに案内する」

僕は使用人に連れられて王女様のところへ向かう。

「王女様、次の協力者を連れてきました入ります」

僕は使用人に案内されて部屋の中へ。僕はその中で静かに佇《たたず》む少女を見て、目を奪われる。

声が出ないというのもあるが、彼女の雰囲気は一段と静かであった。元々静謐《せいひつ》なお方なのだろう。佇まいからして、彼女は静かだ。

銀の瞳が僕を見つめる。頭のてっぺんから足先まで、まるでじっくりと観察するように。

「先ずは王女様の治療に名乗りを上げたこと、感謝いたします。それを踏まえた上で言わせてもらいます。少しでも害意があるとこちらが判断した場合、即刻実力行使させていただきます。それはよろしいですか？」

そばに控えていたこれまた物静かな雰囲気の使用人が僕へそう告げる。

王女様は観察するような視線だが、使用人のモノクルから向けられる視線はそれとは違う。警戒心丸出し、少しでも害意を持って行動すれば命はない、そう告げているような鋭い眼光だ。

「大丈夫です。僕に害意はありません」

「……では早速治療に。魔法によるもの魔道具によるもの、いかなる手段も我々は問いません。ただ、王女様の声を取り戻していただければなんでも」

声から王族がどれだけ彼女の治療に本気なのか分かる。そうまでして治したい理由とはなんだろうか？

「参考までに聞きたいのですが、王女様はどうして声を失ったのですか？」

「不明としか言えません。ある日突然、王女様は声を失った。国中の名医という名医に調べてもらいましたが、原因は不明と」

そんなこと聞いたこともない。もし、こんなのが多発したら国中、いや世界中が大パニックになるだろう。

声を失うということは日常生活で不便するのはもちろん、魔法も使えなくなる。魔法は詠唱と魔法名を発声して、音になることで初めて使える。魔道具や僕みたいに特殊な魔法を使わない限り、これは絶対のルールだ。

ある日突然魔法が使えなくなる。こんなことがこれから起きて、しかも治療できないとなれば世界中が混乱するだろう。

原因不明、対処方法不明。だが、僕の魔法が何かのきっかけになればいいと思っている。

「行きます王女様」

僕は王女様にそう告げる。王女様は既に覚悟を決めているようで、こくりと静かにうなずいた。

僕はいつもよりも一層魔法に集中する。魔法に全神経を傾ける。こんなに集中したのは生まれて初めてのことだ。

「【声帯付与《エンチャント・ボイス》】」

魔法を使った瞬間、身体から多くのものが抜けていく感覚に襲われる。

魔力だ。普段の魔法よりも激しく魔力が抜ける。

めまい、立ちくらみがするほどの魔力消費。王女様が治療できなかった理由が分かった。

王女様を治療するには多大な魔力が必要だったのだ。多大な魔力を使わなければ、王女様に魔法をかけることすらできない。

呪《のろ》いなのか？　声が出なくなるという強い呪い。それを跳ねのけるくらいの強い魔法じゃなければ、魔法をかけることすらできないとか……？　って、今はそれよりも確認すべきことがある。王女様のことだ。

「ありがとうございます……ほ、本当に声が」

目の前の王女様がふわりと声を出した後、驚き手を口に当てる。王女様の声が出た。その事実に王女様だけじゃなく、僕も……側で控《ひか》えていた使用人も驚きを隠せずにいる。

数秒の沈黙。王女様は声が出ることを噛みしめるように、ゆっくりとだけど確実に声を紡《つむ》いでいく。微笑みを浮かべながら。

「初めまして。私の名はルルアリア・フォン・アストレア。先ずは貴方《あなた》のおかげでこうして声が出せること感謝いたします」

王女様もといルルアリアは僕にそう告げるのであった。

「貴方のお名前を伺う前に、初めて会う殿方にはこう聞くのが礼儀であると先生から教わりましたので問いますね」

ルルアリアはニコリと微笑みながら僕に言う。

名前よりも先に聞くもの……そんなものあったかな？

ルルアリアはどこか目をキラキラと輝かせながら、次の瞬間僕にこうきく。

「ずばり！　どんな女性が好み《タイプ》でしょうか⁉」

な、な、な、何をきいてるんだこの人‼⁉

あまりにも驚きすぎて腰を抜かすところだった。冗談か？　これは僕の夢なのか？　それとも聞き間違いなのか？

いや、聞き間違いとかじゃない‼！　王女様、思いっきり言ってやったぜみたいなドヤ顔で鼻をふんすふんすしてる‼‼

これは本気《マジ》の問いだ！　これはちゃんと答えないとヤバい……‼

でもこの時、僕の脳裏に一瞬、電流が走る。

それは僕の好みをストレートに応えていいのかどうか‼

「どうなんですか？　ほらほら私はどんな答えでも受け入れますよ！　さん！はい!!」

この流れにのまれそう……!!

物静かな雰囲気の女性かと思ったけど、めちゃくちゃアグレッシブだこの人!!

もう話すしかない!!　ええい！　もうどうにでもなれ!!！

「え―と、まあおしとやかな女性が好み……ですかね」

「………む、おしとやかな女性ですか。それはそれはまあまあ」

王女様は一瞬表情を硬くしたかと思いきや、なんとも言えないような表情を浮かべる。あれ？　もしかして僕は変なことを言ってしまったのか？

「やっぱり失礼ですよね、やんごとなきお方にこう言うの」

「いいえ！　むしろ嬉しいくらいです！　私もそういうのを目指しているのですが、性格的にどうも上手《うま》くいかなくて……兄様達の影響でしょうか？」

……一瞬息が詰まったかと思った。よ、良かった〜〜王女様の機嫌を損ねるようなことを言わなくて。

「そういえば私ばかり話して、お名前を聞くのを忘れていましたね。聞いてもよろしいですか？」

そういえば王女様に会話のペースを握られていたから気がつかなかったけど、まだ僕から名乗っていないや。やべえ、改めて名乗らなきゃと思ったら心臓がバクバク言ってきた。

僕は自分を落ち着けるために一度深呼吸する。ルルアリアの勢いにのまれそうになったけど、なんとか自分のペースを取り戻す。

「アルバスです。ルルアリア王女様」

「アルバス……？　グレイフィールドの神童と呼ばれたアルバス・グレイフィールドで相違ないでしょうか⁉」

ぐ、グレイフィールドの神童……？　僕、そんな風に呼ばれてたの？　知らないが？

いやでも父が自慢しまくってたらしいから、もしかしたらそういうふうに話が広まっていてもおかしくないか。にしてもグレイフィールドの神童か。背中がむずがゆくなるような響きだ。

「その神童かどうかは分かりませんが、アルバス・グレイフィールドというのは僕のことです。まあ、今は訳あって元グレイフィールドですが」

「もしかして何か事情が？　何か困りごとはありませんか？　衣食住は揃《そろ》ってますか？　なんでも私に言ってください！　貴方は私の唯一無二の恩人なのですから！」

グイグイ来るなこの人‼

きょ、距離感がとにかく近い！　流石《さすが》にここまでグイグイ来ると僕も反応に困る！

でも、そうか恩人……唯一無二の恩人か。僕の魔法がルルアリアの助けになったみたいで、僕は嬉しい。

って思った瞬間だ。気が抜けたせいで、脱力感、激しいめまいが僕を襲う。そうだ……忘れてた。声帯付与に魔力を使いすぎたんだった……。

「ルルアリア王女様早速一ついいですか？」

「はい、なんでも私に言ってください!!」

「今からぶっ倒れます僕」

「は、はいっ!?」

僕は驚いたルルアリアの声を、最後に意識が飛ぶ。王女様でもそんな驚いた声を出すんだって思いながら。


ゆっくりと目を開ける。

「知らない天井《てんじょう》だ……」

あれ？　僕はなんでこんなところで寝ていたんだ……？

何か大切なことを忘れている気がする。そもそも僕寝る前に何をしたんだっけ……？

「ってそうだ！　僕、王女様の前で!!」

魔力切れでぶっ倒れたんだった!!！

ということはここは王城!?　え！　僕王城でぶっ倒れて、王城で寝ていたの!?

「目が覚めたようですねアルバス様。体調のほどはどうですか？」

ルルアリアが僕の顔を覗き込む。ベッドの横、そこにルルアリアがいたのだ。

「る……ルルアリア王女様⁉　どうしてこんなところに？」

「私のせいみたいなものですからね。私がここにいるのは当然です」

ルルアリアはどこかばつが悪そうだ。

「いや、そんなことはありません。ただ、僕が未熟だっただけです」

僕は身体をゆっくりと起こしながら、ルルアリアへそう告げる。

その時、身体のことについて一つの違和感を覚えた。それは声帯付与で消費して戻らないはずの魔力が元に戻っていたのだ。

「魔力が戻っている……？　声帯付与が解除されたのか？　いやでも、ルルアリア王女様は話しているし……」

僕はルルアリアの方を見る。ルルアリアは僕の聞きたいことを察して、ニコリと微笑みながら口を開く。

「アルバス様の魔法が解除されたわけではありません。アルバス様の魔法がなければ、私はこうして話すことはできないでしょう。

ですが、話せるということはつまり私にも魔法が使えるということ。だから、私もアルバス様に魔法を使いました」

そうか魔法！　一体ルルアリアの魔法もとい属性はどんなものなのだろうか？

「私の属性は【時空《リバースタイム》】。時と空間を操《あやつ》ることに長《た》けた希少属性です。俗な言い方をするとハズレ属性になるのでしょうか」

「時空……、それが王女様の」

僕は言葉を失う。

時空属性。その属性を聞くのは僕も初めてだった。しかし、時と空間を操ることに長けているという情報だけで、それが優れた属性であることは疑う余地はない。

「『【逆行時間】』。対象の時間をあるところで巻き戻し、固定する魔法でアルバス様の時間を、私に魔法をかける前まで戻しました」

「だから僕の魔力が元に戻っていて、魔法は変わらず継続していると？」

「はい。アルバス様が先程倒れたのは多大な魔力消費によるもの。付与系の魔法を使っている間、魔力の最大値が減ってしまうというデメリットは知っています。

魔力の最大値はそのまま魔法使いとしての性能になる。私のせいでアルバス様の性能を下げてはならない。そう思い、この魔法を使いました」

これで声帯付与によるデメリットは確かになくなった。

だが僕はここで一つ疑問に思う。

「一つ思ったのですが……何故《なぜ》その魔法を僕に？　自分にかければ呪いをなかったことにできたのでは……？」

今までは声が出ないため魔法が使えなかった。しかし、今のルルアリアは魔法が使える。

逆行時間を僕ではなく自分にかけて、呪いにかかる前に自分の時を巻き戻して固定すれば声は出るようになるだろう。僕は声帯付与を解除するだけで魔力の問題は解決する。

こっちの方が二人ともなんのデメリットを背負うことなく、事が終われるはず。なのにルルアリアは僕にその魔法をかけた。

それでは僕だけが魔力を取り戻し、ルルアリアは声帯付与に頼り続けなければならない。僕が声帯付与を解除すれば、ルルアリアの声は再び失われてしまうだろう。これでは問題の解決になっていない。

「……使えないのです。時空属性の魔法を自分に」

ルルアリアは言いにくそうな表情でそう口にした。

「使えない……？　それは魔法のルール的におかしくないですか？」

魔法は自分に向けて使う方が簡単で、自分以外のものに向けて使う方が難しくなる。

だから詠唱が完璧でも、他人に大きな影響を与える魔法は時として不発に終わることもある。

魔力量や魔法使いとしての練度の問題で。

時空属性が自分に向けて使用できないとなると、それはこれらのルールから大きく外れてしまうのだ。

「時空属性は使える魔法、その全《すべ》てが規格外の力を持ちます。そのせいか、時空属性の魔法はほぼ全てが自分に対して使えなくなっているのです。

極端な話、自分に逆行時間を使い続ければ不老不死だって夢じゃない。そう言ったことをできなくするために、時空属性は自分への魔法を禁じているのでしょう」

確かに時間を操ることができるなら不老不死にだってなれるし、空間を操ることが出来るなら瞬間移動だって恐らくできてしまうだろう。

それでは時空属性を発現させた者が世界の覇権を握っていてもおかしくない。けど、現時点で世界中のどの国もそんな風にはなっていないということは、時空属性に大きな制約があるからだろう。

「父……国王は私のこの才能を誰《だれ》よりも必要とし、研究すべきと考えていました。だからこそ、私が声を失った時、国王は焦《あせ》り、国中に協力者を要請したのです。おそらく、私が時空属性の持ち主でなければ追放で終わっていました」

ルルアリアはどことなく自虐的な表情を浮かべる。

確かにこの属性は権力者であれば喉《のど》から手が出るほど欲しい属性だろう。

だからか。だから国中を挙げて、ルルアリアの治療をしようとしていたのか。

逆に言えば、ルルアリアが時空属性の持ち主でなければ僕みたいに追放されていたのだろう……。

「話が逸《そ》れてしまいましたね。アルバス様、貴方には改めて国王から報酬が与えられると思います。それこそ何でも。富や名声、望むのであれば王族の一員に名を連ねることもできるでしょう」

「王族の一員って……流石にそこまでは」

「いいえ。貴方はそれだけの働きをして、それだけの功績を上げました。【逆行時間】は私のほんの気持ちとして受け取ってください」

初対面とは打って変わって、ルルアリアは真面目《まじめ》な様子で話す。

王族の一員になるなんて聞いたことがない！　そりゃあ、貴族が代を重ねて王族と近づき、王族の一員となるケースはある。しかし、たった一つの功績で王族の一員になるなんてそれこそ魔王を倒すレベルの功績を上げないと……。

「トレインの報酬といい、今回といい、そろそろ胸焼けしてきた……」

「そう言わずに。というか、私が言うのも何なんですが、王族の一員になれば一生苦労することなく生きることができるんですよ？」

まあそりゃそうだ。王族になれば自分の望むものは全て手に入り、全てが叶《かな》うだろう。

でも僕はそれをあまり魅力的とは思わなかった。魔法使いとしての性《さが》なのだろうか。自分が欲しい物は自分の力で手に入れたいという欲がある。それに僕は……。

「先ほど元グレイフィールドだ、と言ったのを覚えていますか？」

「ええ……。あの時はつい流してしまいましたけど、つまりそれは」

「そうです。僕はグレイフィールド家を追放されたんです。この属性を発現させて」

グレイフィールド家、実の父から追放を告げられたのは少しショックだった。けれど、それは同時にチャンスとも思ったのが本音。

僕は誰にも縛られることなく、自分の意志で魔法を究められる。そう思ったのだ。

「貴族とかそういうの僕はあまり興味がなくて……。正直なことを言うと、王族の一員になるよりも、魔法書や魔法に関わる何かの方が僕は欲しいと言うか」

「アルバス様は本当に魔法がお好きなんですね。しかし困りましたね……これでは王族としての示しがつきません」

ルルアリアは困ったような表情を浮かべる。確かに王族にとってとてつもない危機を救ってくれた人を手ぶらで返すわけにはいかないのだろう。それは王族としてのプライドが許さないし、褒賞を与えると言った手前、引くに引けない。

けど、我ながら無欲すぎるだろうと思うけど、本当に求めるものが魔法以外に存在しないのだ。

「魔法書や魔道具……魔法の研究ができるような環境とかでは駄目ですか……？」

「駄目ではありませんけど……むしろアルバス様が求めるならいくらでもと言いたいところなのですが、これからお頼みしたいことと合わせるとあまり釣り合わないというか……」

「頼みたいこと……？」

僕がそう首を傾《かし》げるとだ。ルルアリアは覚悟したような表情を見せて僕へこう言う。

「アルバス様、私の声が出なくなった原因を調べてはもらえないでしょうか？」

「声が出なくなった原因……」

ルルアリアが声を失った原因。それは国中の名医という名医が調べても、原因不明で終わってしまった。

「アルバス様は魔法を使った時、何か感じたのではないかと思ったのですが、違いますか？」

ルルアリアの予想は正しい。

ルルアリアに声帯付与魔法を使う時、大量の魔力を消費した。そうしなければ声帯付与の魔法が無効化されていたからだ。

付与系の魔法やあらゆる治療魔法、治療方法を跳ねのけようとする強い力を、僕はあの時感じた。

それの正体は知っている。その名を――。

「……多分、僕が感じたのは呪いだと思います。声が出なくなるという強い呪い。僕にその原因を探れと？」

「ええ。お願いできないでしょうか？　アルバス様は一度その呪いを肌で感じているはずです。アルバス様なら、同じ呪いを目の当《あ》たりにした時分かるのでは？　と思ったのですが」

確かに同じ呪いと遭遇したら分かるだろう。ルルアリアから感じた呪いの気配みたいなものは忘れたくても忘れられないから。今でも鮮明に思い出せる薄気味悪い気配。二度と関わりたくないと思ったけど……そういう頼みなら仕方ない。

「いいですよ。断る理由もありませんし、ルルアリア王女様の頼みとあらばなおさら断れませんしね」

「私から頼みましたが……本当によろしいのですか？　ある意味では私の治療よりも困難かもしれないんですよよ？」

ルルアリアは驚いたような表情を見せる。

確かに【声帯付与】を魔法書で見つけた時、王女様の治療ができるかも！　と思った。しかし、今回はできるかどうか分からない。

頼りになるのは呪いの気配らしきものを覚えているということだけだから。

けれど、同時にこうも思う。これは僕にしかできないことだと。

もし呪いと遭遇して、声が出なくなる呪いをかけられた場合、僕は自力で何とかできる。しかし他の人は違う。呪いをかけられた時点でほぼ詰みのようなものだ。

「ルルアリア王女様のおかげで魔力はありますし、声が出なくなる呪いは僕の属性ならばある程度対処できます。それに呪いの気配を感じたのが僕だけなら、僕がやるべきことかなと思って……だから僕がやります」

「ありがとうございます、アルバス様。私も精一杯協力しますので、いつでも会いに来てください!!　いえむしろ、私の方から会いに行きますね!!」

王女様直々に協力してもらえるのは心強いけど、この人僕に心を開きすぎじゃないか⁉　いやまあ、こっちも邪心みたいなのはないけどさあ！　しかも近い近い！　距離が近いんですよ王女様‼

ルルアリアに手をガシッと掴《つか》まれる。……気のせいか？　なんか僕の手よりも力強いというかこう握力が強い気がするんだけど。

「ルルアリア王女様がそんなに動き回っていいものなんですか……？　いや、ダメでしょう絶対に‼」

「どうしてですか⁉　バレないようにうまくやりますから、協力させてください‼　私はアルバス様に心を打たれました！　これは王女として……いえ、私からお頼みしたのです。私が精一杯努力しなくてどうするんですか⁉」

ルルアリアの勢いにのみ込まれそうだ……‼

まあでもルルアリアが協力してくれるならそれはとても心強い。時空属性の魔法は調査の際に役立つかもしれないし、王女としての権限もある。

けれどそれはそれとしてルルアリアが心配だ。王女様なんて命を狙《ねら》われるし、なんならもう一度呪いをかけてくるやつが出てくるかもしれない。

僕の力だけではルルアリアを守り切れるか不安しかないのだ。

「大丈夫ですよ。私はこう見えて強いんですよぶんぶん‼　それに決して無茶なことはしません。アルバス様に助けてもらった身体ですし、まだお礼もしてあげられていないですからね」

ルルアリアがそう言うなら彼女の言うことを信じてあげるしかない。

「ま、まあそういうことならお願いしますね。ルルアリア王女様」

「はいっ！　よろしくお願いしますねアルバス様！」

僕はルルアリアの勢いに負けて、ルルアリアの協力を受け入れることにするのであった。


ルルアリアの治療から翌日。僕は大図書館に来ていた。

あの後、ルルアリアと今後の段取りなどの詳細な話をして、宿に戻り一夜明けて、今ここにいる。僕が探すのは呪いに関する魔法書。今は一つでも多くの呪いに関する知識が欲しい。

「あった！」

大図書館で僕は本を見つける。呪いについて書かれた本だ。

僕はそれを手に取って開く。中には呪いの基本的なことが書かれていた。

「呪いを得意とする属性は、闇《やみ》や毒……。ここは僕の認識と同じ。呪いの効果……、これは重くなれば重くなるほど魔法の難度や、条件が厳しくなるか」

呪いは難しい魔法だ。

ある場所に行かないようにする、ある行動をしにくくする、などの制限をかけるのが一般的な呪い。

そこからある行動をすると毒に侵されるものや、ある場所に行くと魔法が使えなくなるみたいな、条件を満たした時にデメリットが付与されるものが、闇や毒属性みたいな呪いを得意とする属性じゃないと使えない高度な呪い。

大きいデメリットを与えるほど、魔力の消費が大きくなる。声が出ない、目が見えない、人を殺すみたいな強い呪いは、条件や魔力面から相当扱える人が限られるということだ。

ルルアリアにかけられた呪いは、声が出なくなる呪いと、呪いの治療や声を出せるようにする方法を拒絶する呪いの二つ。

「一人を相手に、複数個の呪いをかけるのは高度な技術が必要と……」

かけるのが難しい呪いを二つ、同時にかけているのだ。それは実質不可能みたいな話だ。一つでもかけるのが難しいのに、二つもかけている。

「でもなんで声が出なくなる呪いなんだろ……。殺すじゃだめだったのかな？」

呪いをかけた犯人が呪いに長けているのは確かだ。人を殺す呪いも扱えると考えたら、なんでルルアリアを殺さなかったんだろう？　って僕は思う。

ルルアリアの声が出なくなるということに、何か目的でもあったのだろうか？

「分からん……。犯人が何をしたかったのかさっぱり分からん」

「おや、そこにいるのはアルバスじゃないか」

頭を抱えている時だ。聞き覚えのある声が聞こえてくる。僕が顔を上げると、対面の席にギルドマスターのエレノアが座っていた。

「エレノアさん……どうしてここに？」

「ん？　いや野暮《やぼ》用でな。アルバスは……ほう？　呪いの勉強でもしておるのか？」

エレノアは僕が読んでいた本を見る。

そういえばエレノアは前少し話した印象だと、魔法に詳しい感じだった。

もしかしたら呪いのこととか何か分かるのでは？　と思う。

「後学のために呪いの勉強をしておこうと思いまして。ちょっと分からないことがあるのできいてもいいですか？」

「おお！　向上心があるとは感心感心!!　どれどれ、何が分からぬのじゃ？」

「呪いの難度についてです。例えばなんですけど、声が出なくなるや目が見えなくなるみたいな身体機能の一部を制限する呪いと、それを解除させない呪いって併用できるものなんですか？」

「可能だ。じゃが、同時にいくつもの条件を満たさないといけない。接触は確実に必要じゃな」

接触……。ルルアリアに会える人間なんて限られる。となると、王族や中央貴族が犯人なのか？

「魔道具を使えば接触の条件がなくなるとかは？」

「無理じゃ。そんな魔道具は神代まで遡っても存在しないじゃろう。そんな物があれば、暗殺、謀略、なんでもありで世の中のパワーバランスが崩壊するからのぅ」

エレノアの言う通りだ。そもそも魔法を超遠隔で発動すること自体難しいのに、距離関係なしに強力な呪いを発動できたら、世界はもっと混沌《こんとん》としている。

「ふむ、というかアルバス、熱心に呪いについて知りたがっているようじゃが……そうか、音属性ならば呪いを扱えるな」

「へ……？　音属性が呪いを扱える？　それってどういう？」

僕が持っている魔法書には、そんな記述はどこにもなかった。使える魔法は幅広いが、呪いの類いは記載されていなかったはずだ。

「お主に渡す魔法書を探しているときに偶然、そのような魔法を見つけての。てっきり、知っていて調べているのかと思ったが、違うのか？」

「い……いえいえ違います！　初耳ですそんなの!!　というかどういう原理ですか。音属性なんて呪いと関係なさそうですよ」

闇や毒属性がイメージ的に呪いと結びつくのは分かる。でも音属性って呪いとは無関係に見えるけど……。

僕が困惑していると、エレノアは得意げな表情で言葉を続ける。

「なに、音と呪いは意外と関係性が深い。歴史を辿《たど》るとな、こう意外と……待て。何か妙なものを感じる」

「何かって……いや、調べたほうが早いか。【索敵音《ソナーサウンド》】」

エレノアが話を途中でやめたのを見て、僕は索敵音を放つ。エレノアが感じたという何かを僕も感じ取る。

上空から現れた十体近くの魔物。これは鳥型と……。

「た、大変です!! 北区に突如魔物が!! 中にはワイバーンもいます！ すぐに地下室へ避難を！」

大図書館の職員が慌てた様子で叫ぶ。それを聞いた人たちは次々と地下室へと駆け込む。

その様子を流し目で見ていたエレノアは……。

「さて、と。ギルドマスターとしてこの状況は看過できん。わしはちぃと、奴《やつ》らをボコってくる。お主はどうする？ アルバス」

「放ってはおけません。僕も行きます」

飛行型の魔物。初めて戦うタイプの魔物だけど、被害を食い止めるために僕にもやれることはあるはずだ。

「いい返事じゃ。さて、魔法を使うのは久しいのぉ。少しは骨がある奴だといいんじゃが」

「ギルドマスターの実力、近くで見せてもらいます。さて、行きましょうエレノアさん」

僕らは大図書館を出て、突如出現した魔物たちへ向かう。

「ワイバーン一体に、魔鳥が九体か。さて、どっちをやる？」

「数が多い方で。ワイバーンは任せます」

「承知した」

エレノアはワイバーンへ。僕は魔鳥へと向かう。

ワイバーンの鱗《うろこ》、全長十メートルを超える巨躯《きょく》を倒すような魔法を僕は持ち合わせていない。

魔鳥は数こそ多いが、ワイバーンに比べると柔らかく、全長も一メートル半とそこまで大きくない。

「【衝撃音《ショックサウンド》】」

「グエ⁉」

衝撃音で魔鳥の一体を攻撃。魔鳥の腹部が破裂して、地面に落ちる。

「クエエエ‼‼」

仲間が倒されたのを確認した魔鳥が叫びを上げる。次の瞬間、魔鳥たちは高速で飛び回り、僕を撹乱しながら突進してくる！

「【音波障壁《ウォールサウンド》】」

音波障壁を自分の周りに展開して、身を守る。一番早く突っ込んできた一体の魔鳥が、音波障壁に激突。

ゴキン!!

という音を立てた後、魔鳥の首があらぬ方向へ曲がり、地面に落ちる。

「高速で突っ込むとこうなるのか……」

魔鳥たちは突進するのをやめて、警戒するように空を飛んでいる。

「クエッ！　クエッ！　クエエッッ!!」

何かの合図みたいに、魔鳥が叫ぶ。魔鳥たちは近くの建物に着地し、建物の一部を鷲掴《わしづか》みにして投げてきた！

「結構コントロールがいいっ！　うわっと！」

音波障壁が瓦礫《がれき》を破壊してくれるが、このままこれを続けられたら厄介だ。

「じゃあ初めて使う魔法で相手だ！」

僕はスゥゥーと大きく息を吸う。山に向かって叫ぶ時と同じように、両手を口の両側に当てて筒のようにする。

「【ワッッッッ!!!!】」

吸った息を大声にして解き放つ！

僕の声は、僕の口の直線上にいた魔鳥五体を捉《とら》える。

「グェ⁉」

五体のうち、三体が腹部を潰《つぶ》されて地面に落下する。二体はダメージこそあるものの、まだ絶命には至っていない。

「完全無詠唱の魔法使ってみたけど、コントロールが難しいなこれ」

心音詠唱ともう一つ、身音魔法《パターンサウンド》という魔法の組み合わせによる完全無詠唱の魔法。

心音詠唱は詠唱を代替する魔法。そして身音魔法は魔法名を代替する魔法だ。自分から発せられる音を、魔法名にすることができるというもの。

この二つを組み合わせることで、詠唱なし、魔法名なしで魔法が使える。

僕が今使ったのは衝撃音《ショックサウンド》。大声を出すことをトリガーとしている。発動は完全無詠唱の方がわずかに早い。

けど魔力もまあまあ使うし、威力のバラつきも大きい。

遠い魔鳥が倒れていないということは、声の届く距離によって威力が決まるのだろうか……？　普通に衝撃音を使えば、あの距離にいる魔鳥も一撃のはずなのに……。

「ま、いい練習にはなったよ……【衝撃音四連！】」

完全無詠唱については試したいことが山ほどある。だが時間もあまりかけていられない。街に被害が出てしまうからだ。

僕は衝撃音を四回連続で使い、残っている魔鳥を撃ち落とす。魔鳥たちが地面で絶命したのを確認して、僕はエレノアの方を見る。

「さて……エレノアさんは……っ⁉」

僕はそこで信じられないものを目にする。

「さて、トカゲ風情よ。次はどの魔法で攻撃されたいか？」

エレノアの周囲には火の球、水球、小さな竜巻、浮遊する土塊、四大属性をイメージさせるようなものはもちろん、光と闇の球が浮かび、紫電が弾《はじ》けている。

「あの人、一体いくつの属性を持っているんだ⁉」

僕の言葉にエレノアがニッと笑った気がした。

「お、アルバス、もうちっと時間かかると思うたが、お主、中々やるのぉ。もう片付けたのか」

「は、はい……。こ、これは今何を？」

「ん？　ああ。なに、魔法の同時展開をどれだけやれるかを試しておってのぉ。興が乗ってしまい、ついつい大量に発動させてしもうたわ」

エレノアが僕の方に視線を向ける。その次の瞬間だ。

「グオオオオオオッッ‼」

ワイバーンが咆哮と共に巨大な火球を吐いてきた！　うわこれすごい初めて見た‼

「……って前！　前！　火球来てますよ！」

僕の衝撃音で相殺できるか⁉

と思い、魔法を発動しようとした時だ。エレノアの周囲を漂っていた水球と竜巻が同時に動き出す。

ワイバーンの火球は、エレノアの水球と竜巻よりもはるかに大きい。このままではのみ込まれるだけだと思った時、水球と竜巻が混ざり合って、火球よりもさらに大きい激流になったのだ！

ジュワアアアアという火と水が混ざって蒸発した音。火球は跡形もなく、水蒸気に成り果てていた。

その水蒸気を風が周囲に散らしていく。二つの属性が合体したことも驚きだけど、それ以上に驚きなのが、エレノアが詠唱をしなかったことだ。

無詠唱は僕が知る限りでは音属性の特権だ。まさかエレノアも音属性なのか……？

「風属性と水属性の合わせ技じゃ。不思議そうな顔をしているから言ってやると、わしは音属性ではない」

エレノアはニッと僕に微笑むと、ワイバーンへと向き直る。

「お主の戦い方を直《じか》に見て、わしは驚いた。心臓の鼓動や、自分の声を詠唱、魔法名に代替することが可能なのかと。他の属性にはできぬ、お主だけの武器だろうと」

エレノアは話しながら、上空にいるワイバーンに向けて手を伸ばす。

遠近法で手に収まっているように見えるワイバーンをそっと握り込むような動作をしながらエレノアは口を開く。

「わしはお主みたいに詠唱を破棄するような真似はできん。わしができるとすれば、あらかじめ詠唱しておくことだけじゃ」

エレノアが拳《こぶし》を勢いよく握りしめると、エレノアの周囲に漂っていた魔法たちが、一斉にワイバーンへと襲いかかる。

防御を許さないような怒濤《どとう》の魔法。ワイバーンの鋼鉄よりも強固な鱗とて、それを防ぎ切ることは不可能だろう。

「詠唱と同時に魔法を使うのは二流。一流は魔法の発動するタイミングすら自由自在に操る。魔法を手足のように扱えてこそ、一流の魔法使いというものじゃ」

魔法の発動タイミングを操ることは、無詠唱で魔法が使える僕でもできないことだ。

色々理由はあるけど、一口に言ってしまうとそれは魔法の中でもとびっきりの高等テクニックだからだ。

「そして、アルバス。お主が先ほど、わしを見た時の言葉について答えよう」

エレノアは自分の前で両手を構えて、魔力を集中させる。いや、火、水、土、風……数多《あまた》の属性の魔法を集約させているんだ。

『元素よ、魔力よ、我に集え。敵を穿《うがて》て』

歌うような美しい詠唱。エレノアの前に銀に輝く魔力の球体が完成する。

『魔砲』

エレノアが魔法名を唱えた瞬間、球体は一筋の光線となる。光線はワイバーンを飲み込み、ワイバーンの全てを消滅させてしまった。

「わしが使うのは八属性。こんなにあったところであまり使わんがの」

「は……八ぃ⁉」

八属性もあるってインチキじゃないか⁉

四大属性、その全てを持っている人も珍しいというのに、エレノアはその倍。八属性も持っている人なんて、探してもこの人くらいだろう。

「わしからしたら、一属性、もしくは二属性くらいがちょうどいい塩梅《あんばい》なんじゃがな。魔法書読むのも大変なんじゃ」

「八属性もあったら、魔法取得も大変ですねそりゃあ……」

多くの人が持つ四大属性なんか、一つの属性ですら一生かけて読める魔法書はほんの一部だ。八属性もあれば、それこそ天才的な頭脳じゃない限り、魔法の会得すら一苦労だろう。

「ところでアルバス、気が付いたか？」

エレノアの声のトーンが一段と低くなる。僕はエレノアがきこうとしていることが分かった。

「ええ。大図書館で魔法を使った時に」

大図書館で索敵音を使った時だ。魔物以外に感じ取ったものが一つある。

僕はそれがある方向に駆け寄る。

「多分、これのことですよね？」

「おお、気がついておったか。魔力切れで、効果は失っておるか」

路地裏に積まれた木箱の底。

そこに隠すように、手のひらサイズの円型の魔道具が置いてあった。中央に黒い魔石が埋め込まれている……魔法陣？　を模したような魔道具だ。

「これは……魔道具ですかね？」

「よく分かったのぉ。この手の魔道具は少し前に試されたいたものじゃな。詠唱なしで魔法を使える魔道具じゃが、使える魔道具は一つだけ、製作コストも高くて結局廃れてしまったがの」

詠唱を代替する方法はいくつも模索されている。しかし、詠唱の方が優れているという結論に至って、今まで流行った試しがない。

「これはおそらく召喚魔法じゃな。王都は強固な結界で守られておるが、内部からとなると阻むことはできぬか……」

「これで結界の内側から魔物を呼び寄せたっていうことなんですよね？」

王都には強固な結界が張られている。よほどのことがなければ破れないような強い結界だ。

これで魔物の脅威を退けている。

それは外側からの脅威を想定したもので、今回みたいに内側から現れた魔物を想定していない。

「舐《な》めた真似をしおって。これを置いた犯人は必ずとっちめてやる」

エレノアは手のひらで魔道具をくるくると回した後、それをポケットの中に入れてしまう。

「調べ物が出来た。わしは帰らせてもらう。ああ後、いつでもいいからわしのところに来い。渡す魔法書をいくつか見繕ってある。それに今回の魔鳥どもの討伐、その報酬も渡さんといかんしな」

「ありがとうございます。忙しそうですし、後日改めて伺わせてもらいます」

「おう、じゃあな」

エレノアは手を振って冒険者ギルドの方へと行ってしまう。

僕はその場で立ち止まって少し考える。今回の魔物の襲撃、少し思うところがある。だって、ルルアリアの治療の翌日だし、王都のほぼど真ん中だ。

何かないと考えない方がおかしいだろう。

「ルルアリアを狙っているのか……？」

僕は王城へと向かう。とりあえず、ルルアリアに調べたことを報告しなくちゃ……。

ルルアリアに会うため、僕は王城に来た。

王城は一般公開されている区画もあるため、普段もそれなりに賑《にぎ》わっていたりする。

しかしルルアリアみたいな王族がいるようなところは流石に行くことはできず、僕はどうルルアリアとコンタクトを取るかで頭を悩ませる。

「しまった……どこから入るのかとか聞いておくべきだった」

衛兵に伝えてみるか？

それだと不審者だと思われないか？

などと考えていると、僕のもとに一羽の鷹《たか》が降り立つ。白い体毛が特徴的な鷹だ。鷹の足には一枚の手紙がくくられていて、それを取れと鷹は僕にジェスチャーをする。

「これは……」

手紙を開く。手紙は特徴的な魔法陣のような物が描かれているだけで、それ以外は特に何も書かれていない。

不思議と魔法陣は見入ってしまうようなデザインだ。そう思って魔法陣を見ているとだ。

「ようこそ、アルバス様。嬉しいです！　早速来てくださったんですね‼」

「ルルアリア王女様⁉　ってここは……うわっ‼」

気がついたらルルアリアが目の前にいたというか……、戸惑っている間にハグされていたんだけど⁉

いい匂《にお》いで頭が……いやいや、これはまずいぞ！　というか、何がどうなっているんだ⁉

「る……ルルアリア王女様！　一体これは……というか近い！　近いです!!」

「早速来てくださったアルバス様がついつい愛《いと》おしてくて……。ふふ、ごめんなさい」

ルルアリアは微笑み、僕から離れる。僕はルルアリアの全身像が見えて、少し驚く。

昨日出会った時みたいなドレス姿ではなかった。まるで農夫が着るようなオーバーオールに、厚手の手袋、長いブーツ、顔に僅《わず》かな泥がついている。

「ルルアリア王女様！　顔に泥が！　これを使ってください！」

「ふふふ、ありがとうございます。せっかくなので使わせてもらいますね」

ルルアリアは手袋を外して、僕が渡したハンカチで顔の泥を拭う。

その間に僕は周りを見渡す。どうやらここは小さな農園？　周囲の壁や豪奢《ごうしゃ》な扉から、王城の中庭だろうか？

「いきなりのことで驚いているようですから、一つ一つ説明しますね。先ず、ここは王城の中庭です。使われていない区画を私が農園や花園に改造させてもらいました」

ルルアリアの言う通り、中央は農園、壁際には花壇がびっしりと並んでいる。花壇も花壇には色とりどり、様々な形の花が咲いていた。

「なんで王女様が土いじりなんか……？　その」

「王女らしくないでしょうか。私の趣味は身体を動かすことですから。土いじりは丁度いい運動になりますからね」

実家にいた時、何度か使用人たちの手伝いで土いじりをやったけど、あれは疲れる。農具とかやたらと重いし……。

もしかしてルルアリアは一人で土いじりをしているのか？　壁に立てかけてある農具も一人分しかないし……。

「兄弟姉妹からはやめた方がいいと言われたりするのですが、ハマってしまうとこれが意外と面白《おもしろ》くて。ついつい熱が入ってしまったのです」

「熱が入って……これですか。これはもう趣味とかじゃなくて本職のレベルですよ」

まさか土いじりをやりながら、王女としての公務もやっているのか？　驚異的な体力なのでは？　でも土いじりをしているならあの日手を掴まれた時に感じた力強さにも納得がいく。

「そうだ！　アルバス様もやってみませんか⁉　農具なども用意しておきますし、ね？」

「考えておきます……。というか、僕はどうやって中庭まで？　さっきまで王城の外にいたはずなのに」

「それは私の魔法ですよ。時空属性には他人を転移させることができますので」

瞬間的な他人の転移。これが時空属性の魔法か。

魔法使いとしては時空属性の魔法に興味がある。ほかにどんな魔法があるのか、ルルアリアにききたいところだけど……。

「アルバス様は今日は何故ここに？　もしかしてただ用事もなく会いにきてくれたのです

か！　私は全然構いませんよ!!　今すぐにおもてなしの準備でも」

「あ、いえいえ！　今日きたのは報告です!!」

「なら、なおさらおもてなしが必要そうですね。立ち話させるのも悪いですし、ね？」

ということで、僕とルルアリアはある部屋に入る。ルルアリアは先ほどの姿から、私服と思われるドレスに着替えている。

部屋にあるソファに案内されて、僕とルルアリアは隣り合って座る。え？　何故隣？　エレノアの時も思ったけど、こういうのは普通対面じゃない？

「報告とは私の……」

「ええ。今日色々調べて分かったことだけでも共有しておこうと思いまして」

「人払いは済ませています。お話になってください」

僕は索敵音の魔法名を唱えて、魔法を使う。出力は最小限に。

たしかにルルアリアが言う通り、周囲に人はいない。僕らの会話を盗聴するような使い魔、魔道具もなさそうだ。

「先ず単刀直入に。ルルアリア王女様に呪いをかけたのは、ルルアリア王女様に近い……もしくは会ったことがある人だと思います」

「……続けてください」

ルルアリアの表情がわずかに険しくなる。

「ルルアリア王女様にかけられた呪いは調べたところ、どちらも高度なものでした。条件をいくつも満たさないと使えない呪い。その中で一つ、外せない条件として接触が……」

「接触……。すみません、私はパーティーなどに呼ばれることが多いため、特定は……」

「しまった……その可能性を考えていなかった」

王女様となると会える人は少ないはず！　とか思ってた僕が馬鹿だった。

ルルアリア王女様はとんでもない美貌の持ち主なのだ。やれ公務、やれパーティーなどと各所から引っ張りダコなのは想像できたはずなのに!!

「呪いの原因を探る……。術者を見つけるのが一番手っ取り早いと思いましたけど、うまくはいかなそうですね」

「呪いの術者ですか……。いえ、王族、中央貴族になれば魔力を持っていないほうが珍しい。私と接触した全ての人を調べていては手は足りませんね……」

「属性とかは分かりませんよね……。闇か毒属性、もしくは呪いが使えそうな属性の持ち主なら、特定できるかもしれませんが」

でも毒や闇属性持ちだとして、それをわざわざ言う人がいるかという話だ。

王族や中央貴族が呪いの術者だと仮定するとしよう。

僕みたいに四大属性ではなく、ハズレ属性を発現させた人はそういった立場から追放されているはず。追放されていなくても、表舞台に出てくることは稀《まれ》だろう。家の恥だとかなんとかで。

　つまりルルアリア王女様と出会った人たちは、四大属性を持っているのはほぼ間違いない。王女様と出会う機会＝アピールチャンスとかだから、四大属性持ちというのは外せない絶対的な要素だ。四大属性を持っているほど偉いっていうのが魔法社会だし。

　まあ、そんな人たちがだ。仮に闇や毒属性を持っていたとしてそれを明かすかと言われたら、多分明かさない。ハズレ属性は多種多様すぎて、名乗ることで印象がガラリと変わってしまうことがあるからだ。

　例えば光とか木、雷は明かすとプラスイメージになりやすい。使える魔法が強力だったり、光は清らかな印象を、木は穏やかな印象を与えやすかったりするから。

　逆に闇や毒、影などはマイナスイメージになりやすい。聞くからに物騒だったり、怪しそうっていう印象が強いからだ。

　呪いに特化した属性なんてマイナスイメージの属性だ。だから、わざわざ自分からマイナスイメージになりうる属性を語ることはしないだろう。

「流石に属性の特定はいくら王族の私であろうとも、簡単にできることではありません。よほど親しい仲でない限り、属性は明かしませんしねえ……」

「ですよね。だめだ手詰まりだ……」

　僕が頭を抱えて悩んでいるとだ。ルルアリアは僕の肩をポンポンと優しく叩《たた》く。

「アルバス様が私のために努力してくれたことは伝わりました。どうでしょうか。息抜きに散歩にでも行きませんか？」

ルルアリア王女様はそっと目を細めながら僕へそう告げる。まあ確かに散歩して気分転換でもすれば何かアイデアが浮かぶかもしれない。

「けど散歩って……ルルアリア王女様はそんな気軽に外を出歩いてよいものなのですか？」

「街まで降りていくことはないですし、精々王城の敷地内を歩き回るくらいです。意外といろんなものがあって面白いんですよ」

王城の敷地内なら確かに安心だろう。街まで降りていくよりかはルルアリア王女様の危険も少ないはずだ。

「そうですね。このまま息を詰まらせていても効率的ではありませんし……行きましょうか」

「ええ……!!　行きましょう行きましょう!!」

ルルアリア王女様の誘いで僕らは王城の敷地内を散歩することになった。

ルルアリア王女様は遠目で自分だと分からないようにするため、つばの広い帽子を被《かぶ》って王城の敷地内を案内してくれる。

王城ってことだけあって僕の想像以上に広い。じっくりと見ると一日かけても全部は回り切れないだろう。

「魔法の研究施設みたいなのもあるんですね」

「ええ。流石《さすが》にちゃんとした設備の研究所は別のところにありますが、王城内にもいくつかそれなりの物はありますよ」

僕が気になったのは当然魔法の研究施設だ。こういった設備は貴族も持っているが、王族になると設備もけた違いに充実している。これ以上の物があるというのだから、僕は驚きを隠せない。

「しかし驚きました。王城がこんなに広いなんて。けど、広さの割には人はあまりいませんね」

「そんなことはないですよ。私が人がいそうな場所を避けているだけで、何百をという人がいますからね」

使用人や王城仕えの魔法使い、騎士を数えたら確かにそれくらいの人数にはなりそうだ。すごいな王城……。

「次は中庭です！　私が使っている方は先ほど見ましたから、花園がある方に向かいましょう！」

「うわわわっ！　ルルアリア王女様引っ張らないでください⁉」

ルルアリアに手を引っ張られて僕たちは花園へと向かう。

王城には一番下の誰《だれ》でも出入りできる区域に大きな花園が一つと、王城の中層付近に空中庭園を模したような花園がある。

僕はそこに来た時、あまりの美しさに目を奪われた。

「すごい……こんな風になっているんだ」

屋上に造られた庭園という意味での空中庭園ではなく、それは本当に浮遊していたのだ。王城からの扉を開けると、浮遊している空中庭園とそれに続く階段と言った形で構成されている。

階段はところどころがガラス張りになっていて、下を向けば真下の風景が見える。ルルアリアは何故《なぜ》か下を向こうとしなかったが……。

階段を上り切るとそこにはたくさんの花々、花を使った芸術品が飾られていた。

「王族が集めた芸術品だけあって、僕の目じゃすごそうという感想しか出てこないや」

「あ、アルバス様はこ、こういうのはあまり見ないのでしょうか？」

「ああ、うん。僕は魔法のこと以外からっきしで……って、もしかしてルルアリア王女様震えてます?」

話してみて、ルルアリアの言葉に何か違和感があると思ってたら、ルルアリアが分かりやすくガタガタと震えていた。

「なななななんのことでしょうかね? わ、わわわ私はふ、震えてなんかいなななないですよ!」

「いや、無理がありますって……ルルアリア王女様」

ルルアリアが階段で下を見ようとしない理由が分かった。彼女はもしかするともしかして……。

「高いところが苦手なんですか? ルルアリア王女様」

「うっ……! それよりもアルバス様、こちらのお花とかき、綺麗《きれい》ですよ。これとか私が育てた物で……」

露骨に話を逸《そ》らした……⁉

まあでもルルアリアがそう平気と言うなら、これ以上言うのも野暮《やぼ》になってしまう。

「これは……魔法薬の調合とかで使われる種類の花ですね」

「へ……? そうなのですか? 私、あまりそういうのを気にしてなくて」

「有名な品種ではありませんからね。それにしてもここまで綺麗に咲かせるなんて……ルルアリア王女様すごいですね！」

「ふぇ⁉　え、ああはい。ありがとうございます……。これってそんなに難しい物なのでしょうか？」

僕はルルアリアが育てた花をまじまじと見る。これは育てるのが難しい品種で、中々綺麗な花は咲きづらい。ルルアリアが育てたみたいにここまで立派かつ綺麗な花を咲かせるのは至難の技と言われるほどだ。

「めっっっちゃ難しいですこれ！　僕も育てたことありますが、僕の場合は花が咲かなくて……。魔法薬の調合師とかでもここまで綺麗に咲かせるのは難しいと思います！」

「へえ、アルバス様って意外とこういうのに詳しかったりするんですか？」

「いや、魔法で使う範囲です……。それ以外はあまりといった感じですね」

あくまで魔法で使えるかどうか。魔法書に書かれているような品種であれば分かるけど、それ以外はからっきしだ。

「ふふ、ではこれを機にそれ以外の花についても知りましょう！　私が案内しますよ！」

ルルアリアに連れられて、僕は空中庭園を散策する。基本的にここに飾られるのはその道の専門家が育てた物ばかり。みんな立派な花を咲かせている。

「これとかはハーブティーに入れたりしますね。一風変わった味になって美味《おい》しいんですよ」

「へえ……。僕はあまりそういうのには詳しくないんだけど、ルルアリア王女様はよく飲むんですか？」

「ええ。そうだ！　では後から一緒にお茶会でもしませんか？　私、お菓子焼くのも得意なんですよ！」

パンと手を叩きながらルルアリアはそう誘ってくる。お茶会なんて、魔法とかに夢中で一度も参加したことがなかった。

「ではお言葉に甘えて。期待してますねルルアリア王女様」

「ええ。では早速戻りましょうか。アルバス様と一緒にお茶会……ふふ、楽しみです」

ルルアリアは微笑《ほほえ》みながらそう口にする。

僕とルルアリアは空中庭園を出て王城の廊下へと戻る。

「そういえば意外でした。ルルアリア王女様が高いところ苦手だなんて」

「は、恥ずかしい話ながら……。どうしても高いところは克服できなくて……」

顔を真っ赤《まか》にしながらそう答えるルルアリア。まだ少ししか話していないけど、ルルアリアはどこか人間離れしてる雰囲気があったから……。

「……と一旦《いったん》一般区域を通りますから帽子を被《かぶ》って……」

「……な、アルバス!!　なんでお前がこんなところにいる!?」

ルルアリア王女様と一般区域に入ろうとしたその時だ。

僕にとっては聞き慣れた声が廊下に響き渡る。僕は声がした方を見て、無意識に拳《こぶし》を握り締めていた。もう関わることはないと思っていた――なのに、過去は僕にまだ取りついている。

「……父上、アイザック」

「……兄貴」

父上とアイザックとの予期せぬ遭遇。それもなんて最悪のタイミングなんだ。よりによって今、この場所で二人と会うことになるなんて思ってもいなかった。

「アルバス……お前はここがどこなのか知っていて、そこに立っているのか⁉」

「……ええ父上。ここは」

「誰が父上と呼んでいいと言ったあ⁉」

癇癪《かんしゃく》みたいに声を張り上げて、父上――いいやザカリーは魔力を滾《たぎ》らせる。怒りのあまり細かな魔力制御ができていないのか。

「アルバス様、もしかして……」

「はい、僕の父と弟です」

帽子を深く被りながら小さな声でそうきいてきたルルアリアに、僕は短く答える。ルルアリアは何かを察したのか、これ以上は何も聞かない。

「そこはお前みたいなハズレ属性の無能が立つべきところではない‼　お前は何をした⁉　どうせずるい手を使って王城に忍び込んだのか⁉　そこにいる貴族令嬢でもたぶらかして‼」

僕のそばに立っているのがルルアリアだと気がついていない？　そうか、人前に出る時のようなドレスじゃないからか。それに帽子も深く被っているせいで、余計に気がつきにくいのだろう。

「黙っていないで何か言ってみたらどうだ⁉　それとも私の言うことが図星で何も言えないのか⁉」

「静かになさい。ここをどこだと心得ているのですか？」

何か言い返そうか、一瞬思考した時だ。僕よりも早く、ルルアリアが僕の前に立ちそう口にした。

「……ちょっ⁉　ル」

「静かに。ここは私に任せてください……ね？」

ルルアリアは僕の口にそっと人差し指を当てる。突然の乱入者にザカリーは戸惑っているようだった。

「何を言っているのですか……？　私は貴女《あなた》のためを思って言っているのですよレディ。そんなハズレ属性の薄汚れた男と共にいてはならない。どうでしょうか？　うちの息子と今からお話でもしませんか。なんて言ったって私の息子は」

「そのお気持ちだけはありがたく受け取ります。しかし、私の信じるべき人は私が決めます。アルバス様は私を救ってくれた恩人。私——第一王女の客です。彼への言葉は選びなさいグレイフィールド」

ルルアリアは帽子をとって、自分の正体を明かす。

僕は今のルルアリアに王女としての威厳を感じていた。僕と接する時とはまるで違う王族としての立ち振る舞い。これがルルアリアの本当の姿――。

「な、な、なルルアリア第一王女だとお⁉⁉　こ、声を失ったのではなかったのか⁉」

「昨日のことでしたのでまだ一部の者しか知りませんが、ええ、貴方《あなた》の言う通りです。私はアルバス様の力によって声を取り戻しました。貴方の言う、ハズレ属性の力で」

ルルアリアの語気が強い。よく見たらルルアリアは手を強く握り締めている。爪《つめ》が皮膚に食い込んで血が何滴か流れ出すくらいに。

怒っているのか……？　まさか僕のために……？

「そ、そんなのあり得ない‼　その男はマトモな魔法すら使えないはずだ‼　音属性の魔法書なんて王都にあるはずがない‼」

「そう思うのは貴方の勝手ですが、アルバス様はきちんと魔法で治してくれました。その事実は何ものにとっても曲げられません」

「あり得ない‼　そんなことはあってはならない‼　こいつはハズレ属性の無能で、私の顔に泥を塗った男だ‼　断じてそんなことがあってはならない‼　これではまるで私の判断が間違っているみたいじゃないか‼」

今にも暴《あば》れそうな勢いでそう口にするザカリー。そんな様子にルルアリアは冷たい視線を送っていた。……まあそれは僕も同じか。

「貴方の言うことは聞くに堪えません。これ以上騒ぐようでしたら、何の用があったのか知りませんけど、貴方たちをつまみ出してもいいのですよ？」

ルルアリアならマジでやりかねない。ルルアリアの魔法さえ発動すれば、きっと二人を王城からつまみ出すなんてこと簡単にやってのけてしまうだろう。

ルルアリアも怒りによるものなのか全身から静かに魔力が立ち上っている。ザカリーみたいに一気に放出していないところをみると、無意識に魔力制御できているのだろう。だとしたらすごいな。ちゃんと訓練すれば僕を超えるような魔法使いに……。

っていやいや、何を考えているんだ僕は。それよりも今はやるべきことがあるだろう。

「信じられないと思うけど、音属性の魔法書はあったんだ。そしてそれはたまたまルルアリア王女様を救うきっかけになった。それだけのことなんだ。今日ここにいるのだってそのお礼みたいなもので……」

「誰がお前に発言を許可した⁉　お前の言葉なんぞ求めていない‼　いいか、無能なお前が、王女様を助けた？　そんなことはあってはならないんだ！　音属性の魔法書もお前みたいな存在も‼」

わめき散らかすザカリーに対して、僕は心底冷めていた。どうでもいいとさえ思う。元からこの人の言うことはあまり魅力的とは思わなかったけれど……他人になってしまうとこうもどうでもいいのか。

「警告はしましたよ。グレイフィールド。これ以上アルバス様に対して無礼を働くというのなら……!!」

「そうだ!!　ルルアリア王女様、貴女は騙《だま》されていると分かっていないからそう口にされるのです。なら、アルバスが不正してると、貴方を騙していると彼が証明してみせましょう！

この優秀なる私の子、アイザックが！」

……何を言っているんだこの人は。いや、そもそもその流れでどうしてそうなる⁉

「アイザック……君は」

「何も言うな。兄貴もうんざりしてるだろ？　俺《おれ》たちに。俺もそうだよ。俺もあんたにうんざりしているんだ兄貴」

何故だろうか。その言葉は追放された時に聞いたどんな言葉よりも、重く、そして鋭く、僕の心に突き刺さった。

ねえ、君はどうしてそんな疲れ果てたような顔で、僕を見るんだ？　そんなのいつものアイザックらしくないよ。

「見てください息子のやる気を！　アイザックは三属性も持つとても優れた魔法使いです。彼がアルバスを倒したら、アルバスは貴女を騙していた。きっと貴女はその時になれば気がつくことでしょう!!　アルバスの醜い本性を!!」

「好きに言わせておけば……!!　アルバス様を侮辱するようなことは許しておけません。それに、戦ったところで私がアルバス様に救われた事実は変わりません!!　そんなのやるだけ無駄です！」

「いいや貴女は分かっていないルルアリア王女様！　魔法使いの優劣！　魔法使いの正しさは戦いの中でこそ証明されるもの!!　正しい方が勝つ！　勝てば正しい!!　それが魔法社会というものだ!!」

二人のやりとりがどこか遠くで行われている出来事みたいだと僕は心のどこかで思っていた。魔法使いとしての優劣や、正しさなんてものはどうでもいい。だけど、その勝負は受けなくちゃならない。なんとなく僕はそう思った。

「いいよ。受けるよ。その勝負。けど、僕が勝ったら貴方たち……いや貴方はもう僕と関わらないでください」

「勝てると思っているなら、それはとんでもない勘違いだぞアルバス!!　けど面白《おもしろ》い……アイザック！　お前の力をあの無能に知らしめてやれ!!」

「……やろうぜ兄貴。あんたを倒せば、少しは俺の視界も晴れるかもしれねえ」

ここに戦いの意志は示された。ねえ、アイザック。君には僕がどんな風に見えているんだ？　……それがすごく気になって仕方ないんだ。

「……本当は止めたいのですが、アルバス様が了承したので仕方ないですね。模擬戦用の訓練室を貸します。そこでの勝負でいいですね？」

「僕は構いません」

「俺もだ」

「こちらもアイザックが了承したのなら文句はない。なに、結果など分かりきっている勝負だ。ハズレ属性風情がアイザックに勝てるわけがない」

自慢げに言うザカリー、いつもとは違う様子のアイザックを連れて、僕たちは訓練室へと向かう。

訓練室に着くとアイザックとザカリーはこそこそと戦いの準備を始める。貴族たちにとって、こういった急な魔法の決闘はよくある話だ。戦いの準備は常にしているということだろう。

「すみませんルルアリア王女様。貴女を巻き込む形になってしまって」

「何を言っているのですか!!　私は全然構いませんよ。それよりも心配なのはアルバス様です。その……アルバス様は」

ルルアリアは言葉を詰まらせて、視線を背《そむ》ける。ルルアリアの言いたいことは何となく分かる。

「大丈夫ですよ。思うところはありますけど……同時に楽しみでもあります。アイザックがどんな魔法を取得したのか……属性を得てどう変わったのかって」

アイザックの表情や言葉に気になるところもあるけど、それ以上にアイザックがどんな魔法を使ってくるのか楽しみだ。

僕とアイザックは訓練室の中央、そこで対峙《たいじ》する。

「勝負は一回、敗北条件は負けの意志を認めるか、意識がなくなるなどの戦闘不能になること。オーソドックスな決闘方法で大丈夫ですか?」

「ええ問題ありません。それではアイザックの勝利は確実ですがね!! ガハハハハハ!!!」

ザカリーはこの状況に持ち込んだ時点で勝ったつもりでいる。ルルアリアはまたも静かに拳を握り込んでいた。

「私、ルルアリア・フォン・アストレアと、ザカリー・グレイフィールドが立会人です。双方、悔いのない戦いをしてください」

ルルアリアはザカリーを横目に見つつも、決闘を進行させる。その時だ。アイザックは僕を見て、こう言った。

「本気で来い……兄貴」

「分かった。君が望むというのなら」

アイザックに油断も手加減するつもりも毛頭ない。僕の本気で相手をしてやる。

「それでは始め!」

ルルアリアの掛け声と共に決闘が始まる。先に動いたのは僕ではなくアイザックだ。

アイザックは僕から飛びのくようにバックステップで距離を取り魔法の発動のために詠唱を

行う。

「火よ、爆《は》ぜ――」

詠唱、そしてそこから形成されていく魔力をみて直感する。この魔法を撃たせてはならないと。なら、僕のやることは決まっている。

「【詠唱破壊《スペルブレイク》】」

「……っ⁉　声が消えた……⁉」

その場で誰もが驚いたのを肌で感じる。

アイザックの詠唱、それが途中で消えたのだから、驚きは隠せないだろう。詠唱はきちんと声に出して抜けのない決められた音になっていなければ成立しない。その一部分が欠けたら詠唱は無効となってしまう。

僕の魔法はそれを引き起こす。詠唱破壊、その効果は。

「僕の魔法は音そのものを破壊する。君の詠唱に、逆位相の音を当てて音を消滅させる。これが僕の魔法だ」

「何を……言ってるんだ兄貴。いや」

「そもそもあいつはなんで詠唱をしていない⁉　無詠唱で魔法を使うなんぞあり得ない‼」

ザカリーが僕の魔法を見て、驚いた様子でそう口にする。アイザックは驚きつつも、一瞬で表情を変えて魔法発動の準備をする。――だけどそれでは二手遅い。

「【超音波《ウルトラサウンド》】」

「……あ、ずぅ⁉」

キィイイイン──と訓練室に響いた高く、不愉快な大きい音に誰もが耳を塞《ふさ》ぐ。

最低出力の超音波。超音波は高い出力で撃つと人を容易く殺してしまう。だからこそわざと出力を絞り、音で相手の思考を奪う。音属性だからか、この音は僕には通じない。僕にとっては当たり前の音として処理できてしまう。

これで生まれたアイザックの致命的な隙。両手で耳を塞いでいるアイザックは、マトモな思考も奪われて魔力操作も疎《おろそ》かになっている。狙《ねら》うのはそんなアイザックの下顎。

「【衝撃音《ショックサウンド》】」

下顎に目掛けて最低出力の衝撃音で意識を飛ばす。

アイザックの身体が一瞬真上に浮いて、アイザックはそのまま背中から倒れる。最低出力とはいえ、無防備なところに衝撃音を喰《く》らったのだ。アイザックはもう立ち上がることはできないだろう。

「……ま、だだ」

僕がアイザックに背を向けようとした、その瞬間だ。アイザックの魔力が今日一番にたぎる。背中からピリピリと伝わる気配に、僕は思わず静かに笑ってしまう。

「まだ終わってねえぞ……！」

「じゃあ君はどんな魔法を見せてくれるんだ……アイザック！」

確かにこれで終わるなんて失礼なことを考えた僕が馬鹿だった。さっきもこの魔法は撃たせていけないと直感させたのだ。アイザックは僕が考えているよりもずっと優れた魔法使いになっているに違いない。

なら、もっと……もっと本気で戦うだけだ。僕が今持つ音属性の全《すべ》てをぶつけて、アイザックに勝利してやる。

「さあ……立て、アイザック」

＊＊＊

それを見た時、ルルアリアはただ言葉を失っていた。それは隣で見ていたザカリーも同じ。恐らく、この場で言葉を失うことなく、平静を保っているのは少し離れた場所で立っている彼のみ。

「……え、……ぁ」

壁際で倒れたアイザックは息も絶え絶えに、無傷で立っているアルバスを見た。

一番近い場所で戦っていたアイザックだけが、この戦いの間に起きた最大の異変に気が付いている。無詠唱や詠唱破壊は何も知らないアイザック達から見たら確かに異変ではあるが、それはあくまで魔法の範疇《はんちゅう》。本当の異変は、アルバスが始まった場所から一歩も動いていないことだ。

アイザックが戦闘不能だと判断したのか、ようやくアルバスが一歩を踏み出す。一歩二歩とアイザックに近寄り、アルバスはこの上ない笑顔で手を差し伸べながらこう口にする。

「すごいよアイザック！　まさかこんなにも君が魔法使いとして成長しているなんて思わなかった！　まさか全部の魔法に詠唱破壊をぶつけることになるなんて思ってもいなかったよ！」

笑顔でアイザックを褒めたアルバスに対して、ルルアリアは胸元《むなもと》でぎゅっと手を握りしめた。そして、ルルアリアは自分でも意図しないまま、言葉を口にしていた。

「アルバス様は本当に……」

——本当に人の心が分からないんですね。

最後を口にしなかったのはおそらく無意識の中で、彼女自身の何かが感情に抗《あらが》ったから。この時、ルルアリアは密《ひそ》かに決心する。アルバス・グレイフィールドとは最後まで一緒にいてあげようと。自分だけが彼を見捨てない決心を胸に抱く。

「なんだこれは……なんなのだこれは⁉　アルバス‼　お、お前何をしたんだ⁉」

ザカリーの叫び声に反応してなのか、アルバスは静かに彼の方を見る。そしてアイザックと接する時とは打って変わって淡々とした感情のこもっていない声でこう返す。

「音属性の魔法を使った。音属性が想定する対魔法使いの戦術はこれが最適解です。詠唱破壊で詠唱を阻止し、それによって生まれた隙に無詠唱魔法をたたきこむ。もっとも、今回はアイザックを殺さないように、出力はかなり絞りましたが」

アルバスは音属性の魔法書に書かれていた対魔法使いを想定した戦術をただ実行しただけだ。詠唱破壊で相手のペースを崩し、無詠唱という初動の速さを生かした連続攻撃。音属性の攻撃系魔法が殺傷力高めなのは、相手に攻略されてしまう前にトドメを刺すことを念頭に置いているからだ。

故にこの戦い、殺傷が許されているのなら、もしアルバスがアイザックを殺してもいいと思ったのなら、この勝負は二手目の超音波で終わっていた。

それはつまりアルバスは――。

「兄貴……手加減していたっていうことかよ……ッ‼」

時間が経《た》ち、少しは回復したアイザックがそう口にする。そんなアイザックに視線を向けながらアルバスはこう答える。

「アイザックの言う通り、本気でやったさ。ただ全力を出せば君を殺してしまう。そんなの僕は望んでいない」

その言葉はアイザックの精神にトドメを刺す決定的な一言だった。

ガラガラと音を立てて崩れていくアイザックの精神。一度は三属性も授《さず》かり、兄を追い抜いたかと思った。けど、兄の面影が消えず、戦ってみたら、こうまで認識と実力が乖離《かいり》していたのだ。

「ち……ちが、おれはそんなことじゃ、な、くて」

「……？　何が違うっていうんだ？　まあ少し驚いたかもしれないけど、これが音属性の──僕の本気だよ」

その言葉にアイザックは逃げるように走り出していた。

全て自分が間違っていた。あの時、調子に乗って兄を煽《あお》って、自分でも引くくらいの下品な笑い声を上げて、それで兄を追い越した気になっていた自分が全て間違いだったたんだ。

持っているものが違う。才能が違う。魔法のセンス、運用方法、経験値、何もかもが隔絶している。

だから……考えていることが理解できない。アルバスが見ている景色がどんなものなのか、何も分からない。

そんなアルバスが怖くて、理解できないのが認められなくて、アイザックはただ無心に駆け出してしまった。

「アイザック！　お前どこに行くつもりだ⁉」

ザカリーが慌てながらアイザックの背中を追いかけようとした時だ。ルルアリアの右手がガシリとザカリーの肩を摑《つか》む。

「グレイフィールド。この勝負はアルバス様が勝ちました。約束通り、今後アルバス様に関わるのはやめていただきます」

「な……何を言っている⁉　不正を使って勝った勝負でお前らは満足とでも言うのか⁉　こ、この人でなしめ‼」

「…………は？」

ルルアリアはザカリーの支離滅裂な発言に対してぐぐと右手に力を込める。

普段温厚なルルアリアが分かりやすく怒っている。

「私への無礼は不問にします。ですが、アルバス様にそれを言うのですか貴方は。正々堂々と戦ったアルバス様に対して、一魔法使いとしての礼儀はないのですか？」

「し、知るか‼　単一属性……それもハズレ属性が、複数属性でかつ四大属性を持つ者に勝利したという事実、あってはならないのだ‼　そんなことがあったら、これまで築いてきた王国の常識はどうなる⁉　崩れてしまうだろうに‼」

王国の価値観では四大属性こそ至高。それ以外はよほど特殊な属性でない限りハズレ。単一属性よりも優れた属性を複数個持っている魔法使いの方が優れている。いつからか不明だが、王国貴族の間ではその価値観が強く根付いているのだ。

何故なら彼らは四大属性を授かったからこそ今の地位を確立出来ている。四大属性を授かったからこそ、成り上がることが出来た。そういう集まりなのだ。アルバスみたいな例外を許してしまえば、自分達の立場が危うくなってしまう。

「四大属性こそが上に立つに相応《ふさわ》しい!! 事実、第一王子が次期国王候補と呼ばれているのはそれが理由じゃないか!!」

「アルバス様に限らず……大兄様のことまで口にしますか貴方は!! 貴方がそんなだから……ッ!!」

絶対的に四大属性を崇拝しているザカリーに何を言っても無駄だと気づき、ルルアリアはそれ以上何も言わなかった。一瞬の沈黙が場に流れる。

「ではこうしませんか？ 貴方がこの結果を受け入れられないというのなら、僕は再戦してもいいと思ってます」

「ちょ……アルバス様⁉」

「ほう……？ 不正で勝った卑怯者《ひきょう》が自らそう口にするとはな!! 一度口にしたことはなかったことにはできないぞアルバスぅ!!」

二人とも予期していなかったアルバスからの提案に、ルルアリアは驚き、ザカリーはその提案に乗っかる。

「僕が不正したのは王城にいるから……もしくは何かしらの魔道具を持っているからと思って

いるのなら、場所の指定もルールの指定もそちらが決めて問題ありませんよ」

「大きく出たなあ‼　いいだろう！　今から五日後、場所はグレイフィールド領だ。次こそはアイザックがお前の息の根を止めてやるからな！　覚悟しろ‼」

ザカリーはそう言い残して、ズカズカと外へ出ていく。驚きのあまり、ぽかんと取り残されていたルルアリアは我に返り、普段の歩き方からは想像できないほど乱雑にアルバスへと歩み寄る。

「アルバス様……あれは違います！」


一方その頃。走って、走って、走り続けたアイザックはいつの間にか人目につかない路地裏に転がり込んでいた。

「クソッ……クソッ‼　なんで、なんで俺は……‼」

なんで俺はこんなにも弱いんだ。

アイザックは地面にうずくまる。もう、追放の日にアルバスを馬鹿にしていた時の様子は影も見当たらない。

「おや……こんなところで人と会うとは珍しいこともある」

ふとそんな声が聞こえた。

アイザックはなんとか顔を上げる。そこに、白の法衣を着た神父が立っていた。

「神父がなんでこんなところに……？」

アイザックは当然の疑問を弱りきった声で口にする。人気のない路地裏。王都の路地裏はそれなりに危険がたくさんある。どう考えても人が立ち寄るような場所ではない。

「迷える子羊を探すのも仕事のうちでね。私のことなんてどうでもいいから、ほら、話してごらん？」

神父の声は妙に安心する声だった。それは弱っていたアイザックにはとても心地良くて、アイザックは自然と今まで起きたことを話す。

「なるほどなるほど。では私が君の問題を解決するきっかけを与えよう。なに、安心したまえ。きっと全て上手《うま》くいくから」

微笑みながら差し伸べられた手を、アイザックは反射的に握り返してしまう。

それを見た神父は口を静かに歪《ゆが》ませていた。

＊＊＊

「アルバス様、あれは違います！」

ルルアリアは声を荒らげながら僕へそう言った。思いもしなかった言葉に僕は頭の中が真っ白になる。

「違うって……何がでしょうか？　ルルアリア王女様に何か失礼なことをいたしましたか？」

思い当たる節がない。そう思った僕は困惑しながらもルルアリアにそう聞いてしまう。その言葉が予想外だったのか、ルルアリアは驚いたような表情を浮かべた後、しゅんと少し悲しげな表情でこう口にする。

「アルバス様……本当に分かっていないのですか？」

「分かっていない……？　確かに突然飛び出したアイザックには驚きましたが、それ以外は特に」

「……ッ!!」

まあ負けて悔しかっただろうとは想像がつく。アイザックは昔から何かに負ける度機嫌が悪くなるところがあったから……。

「余計なお世話かもしれません。けれど、私を助けてくださった恩人にあんな間違いを繰り返してほしくない！　いいですかアルバス様！　よく聞いてください！」

ルルアリアは何かを決心したみたいな表情でそう口にした。正直僕の言動の何が間違っているのか僕には分からないけど、ルルアリアがそうまでして言うのだ。聞き届けなければならないだろう。

「アルバス様はもっと……もっと人の心と向き合うべきです。あの時、アイザック・グレイフィールドは本気で戦ってくれと言いました。あの言葉の意味をちゃんと考えるべきです！」

「言葉の意味……？」

「そうです。きっと彼は全力で魔法の撃ち合いがしたかった。全力の魔法の撃ち合いで勝利したかった。おそらく、それが彼の求めていたもの……」

そうか、そうだったのか。……確かに、魔法使いの本気といえばそういう捉《とら》え方もできたはずだ。

僕はそれを見誤ってしまった。それが僕の間違いだったのか。

「それにボロクソにして、笑顔で褒められたらそりゃあああなりますよ。正直、私でもドン引きしましたもんあそこ」

「………それはすみません」

ルルアリアの言葉がいつも通りに戻りつつも、そう言われて僕は謝る。

なんでもかんでも褒めればいいものじゃないのか。アイザックの魔法は全部止めなければマズイと思ったから、ああ言ったんだけど……それは失敗だった。

「アルバス様がまさかここまでとは思いませんでしたよ。本当に魔法ばっかりだったんですね」

「……確かに言われてみればそうですね。僕には魔法以外与えられなかった。今日そう言われるまでは気にもしていませんでした」

「ですよね。私はアルバス様が人の心が分からなくなっていくのが怖い。なんとなく予感するんです。魔法しか知らないアルバス様には破滅の未来しかないっていうことが」

ずきりと心臓が痛む。破滅の未来しかない。その言葉が妙に突き刺さったからだ。

「まあでも私はアルバス様を見捨てたり、見限ったりする予定はありませんよ！　今日のことでなおさら！」

「ええ……。僕が言うのも変かもしれませんけど、そこは普通見限ってもおかしくないところなのでは」

ルルアリアはさっきまでとは打って変わって、優しい微笑みを見せるとこう口にする。

「だってアルバス様は私を救ってくれた恩人です。その事実は変わりませんし、ちょっとやそっとアルバス様が歪んでいるからって見捨てたりしませんよ！」

太陽みたいな微笑みでそう語るルルアリアになんだかホッとする。

けど……そうか。人の心と向き合う。改めて言われてみれば意識していなかったかもしれない。もしかしたら追放の日、アイザックが言った言葉の意味って……。

「ありがとうございますルルアリア王女様。人の心と向き合う……難しいかもしれませんけどやってみます！」

「先ほどの戦いの意味なくなっちゃいましたね。まあでもアルバス様がそう言うのであれば何も問題はありませんが……。」

まだアイザックとの縁は完全には切れていない。次はちゃんと彼の心と向き合うようにしよう。

「ルルアリア王女様！　貴女に迷惑かけたかもしれませんけど、今日は沢山知らなくちゃいけないことを知ることができました！　ストレートに僕の歪みを教えてくれてありがとうございます！」

「ふぇ⁉　きょ、距離が……‼　え、いや、あ、ありがとうございます……？」

僕がルルアリアの手を両手で摑みながらお礼を言うと、ルルアリアは赤面しながら慌てた様子でそう口にした。……少しいきなりすぎたかな？

「では僕は行きます。明日は冒険者絡みで呪《のろ》いの情報集めてみようと思います」

「あぁ……手が。ん、んん‼　よろしくお願いします。私も色々と伝手《つて》を使って調査はしているのですが……中々お力になれず」

しゅんと落ち込むルルアリア。王族の伝手を使っても尻尾《しっぽ》すら摑めない。中々に厄介な相手だ……呪いをかけた人物というのは。

「お茶会の時間なくなってしまいましたねルルアリア王女様」

「仕方ないことです。また今度の機会にしましょう。その時は私の腕にヨリをかけて準備しますよ！」

ルルアリアはニカッと笑いそう口にした。僕はその言葉に淡く笑って。

「ええ、楽しみにしていますルルアリア王女様。……と、どこから出ればいいですか……？

これ」

「ええ楽しみにしていてください。帰りは私の魔法で送りましょう」

パッと顔を上げたルルアリアはそう言うと、目を閉じて集中を始める。ルルアリアの魔力が静かだけど、確実にこの場を満たしていく。

「『空間よ、旅人を送り給《たま》え　転移門』それではお茶会を楽しみにしていますよアルバス様」

僕がルルアリアの声を聞いた時、僕の身体は王城の外にいた。一瞬前まで王城の中にいたとはとてもじゃないけど信じられない。

「これが王女様の魔法……か」

僕は改めてルルアリアの魔法の力を目《ま》の当《あ》たりにし、心の底から驚く。

そして、僕はいつもの宿へと帰るのであった。


翌日。ルルアリアの呪いについての手がかりとエレノアに会うため、僕は冒険者ギルドに顔を出す。

冒険者ギルドに行くと、ガヤガヤとどこか騒がしい雰囲気だった。僕はそんな中で見知った姿を見つける。

「あ、エ……竜騎士さん」

「む、アルバス君か……。丁度いい、彼を連れて行く。それで納得してはもらえないか？　ギルドマスター」

僕は竜騎士――エレインに腕を引っ張られる。受付にはエレノアがいた。

「ふむ、アルバスであれば問題なかろう。すまんなアルバス、ちと竜騎士に付き合ってくれんかの？」

「は、はあ……。付き合うってなんの依頼にですか？」

冒険者最高位のブラックダイヤモンドの竜騎士であれば、どんな依頼でも一人で解決できそうなものだが……シルバーの僕に何か用でもあるのだろうか？

「王都近辺の鉱山に魔物が現れたと報告があってね。規模はトレインには遠く及ばないが、それでも一体強力な魔物がいるらしい。

鉱山になると私の大規模魔法とは嚙《か》み合《あ》わせが悪くてね、アルバス君の力を借りたいと思うんだ」

「なるほど、そういう理由だったんですね」

エレインの魔法はトレインの時に見たことがある。巨大な火球を空から大量に降らせる爆撃だ。

鉱山となれば入り組んでいるし、地下に入り込まれたりした場合効果が薄いだろう。

「竜騎士はとんでもなく強いが、とんでもなく二次被害がでかいからのぅ。まあ無茶せんように見ておいてくれ。ちゃんと、約束の物も用意してあるからの」

「そう言われると少し言い返したくなるが……事実である以上何も言えないな。頼む、アルバス君」

「僕の力が必要ということでしたら大丈夫ですよ。任せてください」

アイザックとの戦いで試せていない魔法がいくつかある。それらを試すには絶好の機会だろう。

入り組んだ地形での音属性魔法の効力も知りたいし、これはいい機会だろう。それに強力な魔物っていうくらいだ。もしかしたら呪いの手がかりになるかも……。

「頼もしい返事だ。では早速行こう。準備はできているかい？」

「はいできています」

僕はエレインと共に馬車に乗って鉱山へと向かう。

到着した鉱山は随分と静けさに満ちていた。魔物が現れたということで、一般人は避難している。

ここにいるのは僕とエレイン、そしてもう一人。先発で偵察に来ていた冒険者だ。

「この先にくだんの魔物がいます。アンデッドの類いのようですが少し様子がおかしくて……」

「様子がおかしい？　どういうことだ？」

「はい、どうやら鉱山で何かを探しているみたいです。アンデッドにそんな知性はないと思うのですが」

偵察の冒険者曰《いわ》く、鉱山に現れた魔物たちは出現時は人を襲っていたが、人がいなくなってからは山を下りることはせず、一心不乱に何かを探しているとのことだ。

アンデッドにそんなことが出来る知性は存在しない。となると強力な魔物が指示を出しているとかそういうのだろうか？

「万が一があるかもしれない。警戒はしておこう。アルバス君、行くぞ」

「はい、竜騎士さん」

僕とエレインはそう言って、先ほどまでいた物陰からアンデッドたちの前に現れる。アンデッドたちは僕らに気がつくが、行動が遅い。

「【爆音波《バーストサウンド》！】」

初手の爆音波でアンデッドたちを一網打尽にしていく。

「相変わらず凄《すさ》まじい威力だ。それに魔物にしかダメージを与えないところも中々……。だが」

「ええ。硬いのが何匹かいますね」

奥の方にある洞窟から、身長二メートル以上の巨大なアンデッドが何体か現れる。そして、さらに奥には身長四メートルを超えるであろう骸骨の騎士がいた。

「ジャイアント・アンデッドとデスナイトか。おそらく、アンデッドたちの行動を操《あやつ》っているのはデスナイトだろう。知性が高く、魔法も使ってくる。気をつけろ」

「はい、あの様子では動かなそうですが……⁉」

デスナイトをよく見て、僕は感じる。

デスナイトから、ルルアリアの呪いと同じ気配を感じるのだ。もしかしてこいつが……？

「どうしたアルバス君？　何か気になることでも？」

「い、いえ。なんでもありません。先ずは手前のジャイアント・アンデッドからでいいですか？」

「ああ。ジャイアント・アンデッドとデスナイトを同時に相手取るのは美味しくないからな。まああれの相手は私に任せてくれ。アルバス君ばかりに任せるわけにもいかないからな」

竜騎士が腰から二本の剣を抜く。トレインの時は一瞬しか見ることができなかったエレインの二刀流。

『火よ、剣に纏《まと》え。火属性付与《エンチャントファイア》』

刀身に纏う赤い火。それは勢いよく噴射されている。

次の瞬間、僕の目の前からエレインが消えた。右手に持った剣の刀身を、自分の身体の後方に向けることで推進力として高速移動したのだ。

「ゴォ!?」

ジャイアント・アンデッドが驚くのも一瞬。

エレインの左手の剣が一薙《な》ぎでジャイアントアンデッドたちの身体を両断する。

少し離れたジャイアント・アンデッドたちが、それを見てエレインに突撃をかける。エレインは左手の剣を腰まで引き、ジャイアント・アンデッドへ向けて突き攻撃を放つ。

「ふんっ!!」

刀身の火が噴出されて、エレインの突きは一撃でジャイアント・アンデッドたちを貫き、奥にいるデスナイトを攻撃する……!

しかし。

『ヨワイ』

エレインの突きをデスナイトは言葉と共に盾で弾《はじ》く。すかさずデスナイトは騎士剣で反撃してくるが、エレインは火を逆噴射させて回避しつつ距離を取る。

「……随分と強そうじゃないか。アルバス君、気をつけろ」

「ええ。それは感じています」

僕らは目の前のデスナイトに底知れない脅威を感じていた。

「……というか、今魔物が話しましたよね」

「ああ。時々いるんだ。知性が高い魔物というのが。それは時として我々の言語を使う」

魔物が話すというのは知っていたけど、実際に見るとこれ以上に不気味なことはない。

カタカタという音を立てて目の前のデスナイトは話し始める。

『ワレワレノ邪魔ヲスルナ。タチサレ。デナケレバ』

デスナイトが手に持った騎士剣と大盾を構える。

『オマエタチヲ斬ル』

凄まじい殺気だった。僕が今まで出会ったどんな化け物よりも化け物。

ワイバーンですらこんな気配は感じなかった。しかしデスナイトは違う。

アンデッド特有の気配とルルアリアと同じ呪いの気配が混ざり合って、一層不気味な感じだ。

「竜騎士さん。デスナイトの身体と剣、気をつけてください。おそらく呪いの類いかと」

「やはりか。嫌な気配、私が以前戦ったデスナイトとは何か違うと思ったが、これは何かによって強化されていると見ていいかもな」

エレインも二本の剣を構える。僕もいつでも魔法が使えるようにしておく。

「アルバス君が後衛、私が前衛でいいか?」

「はい。行きます。【衝撃音《ショックサウンド》】」

僕が衝撃音を発動した時だ。デスナイトはそれを大盾で弾く。まるで僕の発した音が見えていたみたいに。

今までの魔物とは明らかに違う。衝撃音を防御されたことなんて初めてだ。

しかし、意識は逸らせた。この間にエレインが超高速の突進を仕掛ける！

「ふんっ!!！」

『ヌルイ』

デスナイトはエレインの剣を騎士剣で受け止めて、シールドバッシュで反撃。

エレインは大盾を蹴《け》り上げて距離を取りながら魔法の詠唱を開始する。

『火よ集え。敵を撃て。火魔弾！』

エレインの前方に現れた火球がデスナイトを襲う。デスナイトはそれを大盾で軽々しくガード。

けど、それでは終わらせない。

「【詠唱反復《リピートスペル》火魔弾】」

デスナイトの後方に火球が生み出され、デスナイトを背中から撃つ！

『ガァ……!?』

ダメージを与えたが、倒すまでには至らない。おそらくデスナイトが全身に着ている重装鎧《がい》のせいで、ダメージをだいぶ軽減されてしまった。

「驚いたな。アルバス君は火属性も使えるのか？」

「いいえ。僕が使ったのは竜騎士さんの魔法を、僕の魔力で反復させただけです。火属性を持たない僕では、威力もお粗末でしたがね」

詠唱反復。ざっくり言うと数秒前に使用された魔法を、もう一度使う魔法だ。

エレインが使った火魔弾を僕の魔力でもう一度使ったといえば強そうに聞こえるが、実際はそこまで便利じゃない。

僕が持たない属性は魔力を多く持ってかれる上、精度もかなり低い。それにあまり難しい魔法はこれで反復できないだろう。

「ふむ、ちなみに言うと私の魔力で私の魔法を反復させることは可能か？」

「可能です。少し魔力の消費がかさみますが、威力や精度は同じものができるかと」

「なら、私の魔力を使ってくれ。何か手順はいるか？」

「ええ。では背中失礼します」

僕はエレインの背中に手を当てて、魔法を発動する。

「【魔力共鳴《レゾナンス・マナ》】」

「数分間ですが僕の魔法を竜騎士さんの魔力で使えるようにしました」

「ありがとう。引き続き私は攻める。アルバス君は私の魔力消費を気にせず、とにかく私の魔法を反復してくれ」

「はいっ！」

エレインと作戦が決まった時だ。こちらへの警戒度を高めたのか、デスナイトが詠唱を開始する。

『我ガ武具ヨ、闇《やみ》ヲ纏エ。付与闇属性《エンチャントダーク》』

ゴォッ！　という音の後、デスナイトの全身が闇属性の魔力を纏う。

「あれに僕の魔法が通るかな……【超音波《ウルトラサウンド》】」

超音波は対象を内側から破壊する魔法。だが、キィンと少し甲高い音が響くだけで、デスナイトはびくともしない。

「やっぱり、生半可な魔法は効かないということか」

「では生半可な攻撃ではないところを見せつけてやろう」

エレインの身体が再び舞う。キンキンキンキンキンキンと音を立てて、火属性を纏う剣と闇属性を纏う剣が激しく、めまぐるしくぶつかる。

その中でデスナイトもエレインも魔法の詠唱を開始する。

『火よ集え。収束し業火となり、敵を撃て。業火弾!!』

『闇ヨ、全テヲノミコム漆黒トカセ。奈落穴《アビスホール》』

先ほどよりも強い火球が生み出されるも、闇属性によって生まれた魔法をのみ込んでしまう巨大な闇の穴に吸い込まれてしまう。

なら、そこが溢《あふ》れるまで業火弾を叩き込んでやるとしよう。

「【詠唱反復業火弾五連】」

エレインとデスナイトの周囲に現れる五つの火球。その全てがデスナイトとその頭上にある闇の穴へと殺到する。

エレインは咄嗟《とっさ》の判断で壁を蹴り離脱。業火弾がデスナイトたちをのみ込んだ。

「意外とめちゃくちゃやるなアルバス君。やれと言ったのは私だけど」

「あれくらいしないとジリ貧ですよ。それにあれで倒れないってどんだけ頑丈なんですかあれ」

煙を蹴り払いながらデスナイトが現れる。現れたデスナイトはダメージを負っているが、まだ致命傷には至らない。

普通の魔物であればあれで消し炭になっているだろうに。

「あれを倒しきるような魔法ありますか？」

「ある。しかし、この中で使えるものとなると一つしかないが」

僕たちはデスナイトと戦ううちに鉱山の中、坑道に入っていた。この中で戦う以上、使える手札は限られる。

何せ崩落の可能性もあるし、近くには爆破《ばくは》用の爆薬や石炭などがある。エレインは当たらないようにうまく戦っていたが、大規模な魔法になるとそうするのも難しい。

「しかしその魔法を使うには長い詠唱と精密な魔力操作がいる。実質、それはこの状況では使えないということだ。あれと戦いながら詠唱できるほど、あれは弱くない」

「……もし、詠唱が必要ないというならどれくらいで使えますか？」

難しい魔法ほど長い詠唱に加えて、魔法を発動するための魔力操作や魔力量を必要とする。

あまり難しい魔法を詠唱だけで使おうとすると不発に終わることが多いのだ。

「……数秒でいい。何か策はあるんだな」

「ええ、僕が竜騎士さんの詠唱を代替します」

音属性の魔法の真価。それはまだまだこの先にある。

「【心音詠唱共鳴《スペルビートレゾナンス》】」

僕はエレインの背中に手を当てて魔法を発動する。エレインはそれを見てか、静かに呼吸を整えた。

心音詠唱共鳴。無詠唱の核となる心音詠唱を他人に与えるという魔法だ。

しかしこれは簡単な魔法ではない。二つの大きな制約が課せられるのだ。一つは僕は対象に触れていないといけないこと。もう一つはこの魔法を使っている間、他の魔法を使えないということ。

「……っ⁉」

それに難しい魔法であるほど、僕への負担は大きくなる。

「無事か？　アルバス君」

「ええ、大丈夫です」

心臓が大きく跳ねて、全身の魔力が大量に消費されていく。

詠唱時間が長くなればなるほど、この魔法を使う際の魔力消費は大きくなるのだが……これは僕の想像以上だ。

エレインが持っていた二本の剣。そこに宿った火が色を変える。一つは煌々《こうこう》とした紅に、もう一つは神秘的な蒼《あお》に。

エレインはそれを前に突き出す。そして、魔法名を口にする。

『魔力融合：炎解放』

二色の炎が二頭の竜となり、デスナイト目掛けて飛翔《ひしょう》する。今まで見たどんな魔法よりも美しく、激しい、魔力の塊。

そして、エレインの魔法発動と同時に僕が使用していた心音詠唱共鳴も解除される。

業火弾どころか火魔弾以下の大きさだというのに、内部の熱はそれらを軽く超えるだろう。

そんな魔法が二つ。デスナイトでさえ、これを受ければただでは済まない!!

『オオ、偉大ナル絶対ノ君主ヨ。我ハ願ウ。アリトアラユル全テヲ喰ラウ漆黒ヲ』

しかし対するデスナイトは冷静であった。デスナイトの詠唱も長い。

それにこのタイプの上位者に対する言葉を含んだ詠唱は、魔法の中でも奥義《おうぎ》とされるほど超高度な魔法だ。

これを完成させてはいけない。そう直感し、僕は今までの魔法の知識をフル稼働させる。

闇属性を付与されたデスナイトの詠唱を中断させるほど、それだけの威力を持った魔法は僕にはない。僕の魔法では意識を割くことなく、デスナイトは魔法を完成させるだろう。

ならどうするか？

僕には詠唱自体を破壊する対魔法使い専用の魔法がある。

「【詠唱破壊《スペルブレイク》】」

『我ガ主……ッッッ⁉』

デスナイトの詠唱が途切れる。

「アルバス君、君もしかして……詠唱をなかったことにしたのか⁉」

それを見ていたエレインが驚いた声で言う。

「逆位相の音をぶち当てて、詠唱をなかったことにする魔法です。……もっともこれがあの呪い相手に通じるかは賭《か》けでしたが」

あの呪いは生半可な出力だと弾かれてしまう。詠唱破壊もその例におそらく漏《も》れない。いつもよりも高い出力でないとあれを貫通するのは困難だ。

『ソノ魔法……⁉　マサカ貴様ハ⁉』

デスナイトが驚きに満ちた声で言った次の瞬間、エレインの竜炎がデスナイトを貫いた。

デスナイトを動かしていた核となる魔石。それが砕かれたことで、デスナイトの身体はボロボロと崩れていく。

その前に一つ聞かなくては……！

「一つだけ聞きたい！　デスナイト、その身体に纏っている呪いは一体なんだ!?」

『呪イ……呪いか。なるほど、君は件の王女とでも出会ったのかな？』

デスナイトから発せられる声が、片言から流暢《りゅうちょう》な言葉に変わる。低い男性の声から、中性的な声へ。

まるで中身が変わったみたいだ。

『あの呪いは常人には察知できるはずがないんだけどね。だが、君なら納得だ。アルバス・グレイフィールド』

「……!?　どうして僕の名を？」

『質問が浅いよ。君ほどの魔法使いは少し調べればいくらでも分かるさ。まあでもこれを倒したご褒美に君の知りたいことについて教えてあげよう』

ぞわっと背中で何かを感じた。……嫌な感じだ。話し方も声も。

『これは件の王女にかけたものと同一の呪いだ。というよりも同じ属性の魔法といった方がいいかもね』

「……同じ属性ということは、それを知っているお前が呪いをかけた魔法使いなのか？」

僕でも声のトーンが一つ低くなる。

呪いのことを知りながら、今こうして話すことができる謎《なぞ》の人物。崩れかけのデスナイトの向こう側にいるそいつこそ、ルルアリア王女から声を奪った張本人ではないだろうか？

『その通りだとも。こちらの呪いは実験的なもので、ブラックダイヤモンドの冒険者一人と、音属性魔法使い一人と戦えたということだけで十分成果だ。王女の方はまだ解除されていないところを見ると、本命はうまくいっているらしい』

僕の属性を知っている⁉　いや、戦いをデスナイトを通じて魔法で見ていたとかなら推測は可能なのか？　かなりマイナーな属性だから特定するのは難しそうだけど。

いやそれよりも気になることが……。もしかしてこの人、ルルアリア王女が声を取り戻したことを知らないのか？

僕の魔法で呪いの上から声帯付与で声を与えている状態だから、呪いが解除されていないと考えてもおかしくないのか……。

『おっと、デスナイトの身体も崩壊が近い。これ以上は話すこともできないか』

「待て、最後に一つ聞かせろ」

僕の隣にいたエレインが冷たい声でそうきく。

「お前、何者だ？」

エレインはこれ以上なく簡潔にかつ、的確に声の主《ぬし》のことについて聞いた。

わずかな笑い声が聞こえた後、声の主はいう。

『ネームレス。私はその程度の人間だよ』

「そうか」

エレインは必要なことを聞き終えたのか、剣でデスナイトの身体を切り払う。

「王女の件といい、今回の件といい、お前は絶対に仕留めるぞネームレス」

塵《ちり》になって消えていくデスナイトと呪いの気配。その微《かす》かな残香みたいなものから、最後に一言。

『くくく、楽しみにしているよ。王国最強の冒険者。そして音属性魔法使い』

今度こそデスナイトと呪いの気配は消滅する。

エレインは苛立《いらだ》たしげな雰囲気だ。

「報告しなくちゃいけないことが多いな今回。アルバス君、すぐに王都へ戻ろう。どうやら私たちはとんでもないものに巻き込まれたかもしれない」

「同感です。僕もいくつか相談したいことがあるので戻りましょう」

僕らは坑道から出て馬車を待機させてある場所まで戻る。そこには先発で偵察に来ていた冒険者がまだ残っていて、僕らを見つけるなり駆け寄ってくる。

「すみません、ギルドマスターからの緊急要請です。使い魔を馬車に待機させていますので、中でお話を。竜騎士様、アルバス様」

「……なんだか穏やかではなさそうですね」

どうやら一息つく暇もなく、僕らに次なる何かが迫ろうとしていた。

冒険者に言われた通り、僕らは馬車の中に入る。馬車の中には三本足のカラスが鎮座していた。

僕らが入ってきたのを確認してか、カラスの瞳《ひとみ》が妖しく赤く光る。

『すまんのぅ。本来なら労《ねぎら》ってあげたいところじゃが、そうも言っとれん状況になった』

カラスから聞こえてくる声はエレノアのもの。いつものどこかおちゃらけた雰囲気は見る影もなく、えらく真剣な声だった。

「私は大丈夫だギルドマスター。アルバス君は……」

「僕も大丈夫ですよ」

いつもより魔力と体力は使ったけど、まだまだ余裕はある。

というか激戦を繰り広げたというのにピンピンしているエレインは流石としか言いようがない。

『お主らならそう言うと思っておったが、一応魔法薬も用意した。時間がある時に飲めい。さて、本題じゃ。お主らにはグレイフィールド領に向かって欲しい』

「グレイ……フィールド領」

それは僕の実家、グレイフィールドの領地だ。つまり父とアイザックがいる……。昨日の直感、まさかこんなにも早く当たることになるなんて思いもしなかった。

「大丈夫か？　さっき知ったがアルバス君、君は……」

「大丈夫です。……グレイフィールド領で何かあったのですか？」

僕は呼吸を整えて、カラスの向こう側のエレノアへそうきく。エレノアは僕の声を聞いて、何かを悟っているみたいな息遣いをしている。

『そうか、アルバスという名は……ザカリーご自慢の息子だったか。その辺の話はおいおい聞くとして、結論から言う。グレイフィールド領が燃えた』

「……は？」

瞬間、僕は反射的に馬車から降りて駆け出そうとしていた。それを止めたのは隣のエレイン。彼女は僕の腕をぎゅっと掴む。

「先ずは状況を聞こう。行動の判断はそれからでも遅くないはずだ」

「分かり……ましたっ！」

『アルバスの気持ちも汲《く》んで、簡潔に状況を説明しよう。数時間前、グレイフィールド領で巨大な魔力反応があり、グレイフィールドの屋敷が全焼。

辺境騎士団の活躍もあり領民の大半は避難完了しているのが唯一の救いじゃな』

グレイフィールド領で一体何が……。何が起きているのか理解できない。唯一の救いは領民が避難していることだろう。

けどエレノアの声からまだ安心できない。わざわざ大半と言ったのにも意味があるだろう。

『グレイフィールド領は現在、魔族によって占領されておる。転移してきた魔族の人数は不明。しかし、中に上級魔族がおるのは確認済みじゃ』

「魔族……どうやって転移してきたんだ？」

エレインが首を傾げる。

魔族とは僕ら人間とは違う世界に住む種族の名だ。先天的に魔法を操ることに長《た》け、魔法の練度、魔力量、魔力操作の精度、どれを取っても人間以上のスペックを誇る。

そんな魔族は虎視眈々《こしたんたん》と人間の世界の支配を企《たくら》む者たちも存在する。彼らは転移の魔法で人間の世界にくるわけだが、そのためにはいくつかの条件があるのだ。

「グレイフィールド領という王都近辺にピンポイントで転移してきたんだ。となると、向こうの世界だけではなく、こちらの世界側からも大規模な魔力を出力する何かが必要となるが……」

転移の魔法は無属性にも存在するが、そもそも簡単に扱えるようなものでもない。

簡単にやってしまうのは時空属性を持つルルアリアくらいだけだろう。あれはビビった。何せ魔法陣を書いた紙や簡単な詠唱だけで人を転移させたのだから。

無属性版転移の魔法は大規模な儀式を伴う、正真正銘の大魔法だ。それに場所の指定には目印となる魔力が存在しないと、ピンポイントで転移することができないという、不便な魔法なのだ。

今回みたいな遠隔からの転移では相応な魔力を目印として立たせないといけない。そんな大きな魔力を出力できるような物……ある。

「屋敷の魔力装置。あれを使えば目印くらいにはなるかも」

グレイフィールドの屋敷にあった魔力装置。魔力を生活に必要な物に変換できる魔道具だが、あれの魔力量、魔力出力はとんでもなく大きい。

「なるほど、それで転移してきたと。ということは人間側に魔族への協力者がいるということだな？」

『まあ間違いないじゃろう。誰かは見当もつかんが。アルバスには悪いが……』

「分かってます。もしも屋敷の魔力装置を使ったのなら、魔族への協力者というのも絞れるはずです」

僕は拳を握る。一体誰が？

魔族を呼び寄せるなんてこと、誰にでも分かる重大な犯罪だ。グレイフィールド家に関わりのある人で、そんなことをする人なんて……だめだ全然出てこない。

『犯人のことを今考えたところで、我々には検討もつかぬ。それよりも話さなくてはならないことがある。グレイフィールド領の現状についてじゃ』

僕は息をのむ。魔族が出て、グレイフィールド領が燃えた。だけど、王都近辺に転移してきた魔族がいつまでもグレイフィールド領にとどまるわけではない。すぐにでも王都を攻めに来るだろう。

『辺境騎士の要請もあって、グレイフィールド領全域に結界が張られているのが現状じゃ。魔族どもを外に出さんようにな。

しかし、中に辺境騎士が数名、そして避難が遅れた領民もおる。結界もいつまでもつか正味分からん』

「……なるほど。私に行けということか？」

『正確には竜騎士、お主とアルバスじゃ。アルバスの索敵能力の高さは避難が遅れた人たちを見つけるに最適じゃろう』

確かに索敵音を使えば広いグレイフィールド領といえど、人を探すのは簡単だ。

しかし、僕にはとても魔族と戦えるような魔法は持ち合わせていない。無詠唱がどこまでアドバンテージになるのかも分からない。

「私が目立つように行動して魔族を引きつけ、見つけ次第撃破。その間にアルバス君には辺境騎士を探してもらい、見つけ次第避難という形でいいか？」

『それしかないだろうな。一応、近隣の冒険者には声をかけてある。わしもこっちでやることがすみ次第、向かうつもりじゃ。任せられるか？』

「私は大丈夫だ。アルバス君は？」

エレインの視線が僕に向く。

魔族と人間の力関係は知識とはいえよく分かっているつもりだ。下級の魔族だとしても、ゴールドランク冒険者が数名いないと倒すのは難しい。上級なんてプラチナやダイヤモンドが相手する敵だ。

シルバーランクの僕には荷が勝ちすぎる。しかし、生まれ故郷のグレイフィールド領が燃えて、お世話になった人たちが危険に晒《さら》されていると思うと、こんなところで引けない気持ちの方が強い。

「僕の父、ザカリー・グレイフィールドと弟のアイザック・グレイフィールドの行方《ゆくえ》は摑めているんですか?」

『……両者共に不明じゃ。ただ、事件が起こる直前に二人とも屋敷におったという、グレイフィールドの使用人が報告しておる。もしかすると……』

数秒の間。エレノアの僅《わず》かに迷ったような言葉の始まり。話しにくいことだったのだろう。

父もアイザックも行方不明。ただその直前、屋敷に二人はいた。

あれだけ酷《ひど》いことを言われて追放されたんだ。今さら二人を気にかけることなんてない。って今までの僕ならそう思っただろう。でも今は違う。グレイフィールドの一員として、そして何より二人の関係者として、なんでこうなったのか知らなくちゃならない。

「分かりました。その二人も探して事情を聞きます。二人は何をしていたのか。何故、こんな事態を防ごうとしなかったのか」

『それも大切じゃが、アルバス、お主の役目を忘れるなよ』

「はい……肝《きも》に銘じておきます」

グググと拳を握りしめる。なんだろうか、この腹が湧《わ》き上がる気持ちは。

「よし、話が決まったのなら私が送ろう。魔法薬を今のうちに飲んでおくんだアルバス君。おそらく、私の方が速い」

「分かりました……って、どうやって送るんですか？」

僕はエレノアが用意したという魔法薬を口にする。紫色の液体というだけあって変な味だ……。けど魔力と体力が回復していくのが分かる。

エレインも兜《かぶと》を外してそれを口にする。そして、兜を被る前ニッと笑いながら言う。

「私の魔法でグレイフィールド領まで飛ぶぞ」

僕の生まれ故郷グレイフィールド領。僕らはそこで起きた事件解決のために動き出すのであった。

断章二『狂う火の魔法使い』

「アイザックはまだ戻らんのか……。おい！　アイザックを見かけた奴《やつ》はこの中にいないのか⁉」

「も、申し訳ございません！　我々も最善を尽くしていますが一向に見つかる気配がなく……」

「くそっ‼　何をやっているんだ。早くアルバスに勝つための策を練らなくてはならないというのに……‼」

ザカリーが王城から屋敷に戻ってきた時、そこにアイザックはいなかった。

半日ほど探し回ったが見つかる気配はなく、王都に派遣した使用人達からも見つかったという報告もない。このままただ時間だけが過ぎようとしたその時だ。

「あれは……アイザック様なのでは？」

「む……。おお！　アイザック‼　待っていたぞ！」

年若い女性の使用人がアイザックを見つける。そしてすぐにアイザックの様子がおかしいということに気がついた。

まるでアンデッドが歩くみたいな足取りだったのだ。夕陽《ゆうひ》を背にして歩くアイザックはとてもゆっくりで、ふらふらと辛《かろ》うじて真《ま》っ直《す》ぐ歩けているだけ。そんな様子を気にせず、ザカリーはアイザックへ駆け寄ろうとする。

「待っていたぞアイザック!!　さあ、早くこっちに来い！　次の策を練るぞ!!」

「お、お待ちくださいご当主様!!　アイザック様の様子が……」

使用人がそう言いかけたその時だ。アイザックがゆっくりと顔を上げる。アイザックはニヤリと口を歪《ゆが》めた。

「なあ、親父《おやじ》ぃ……。俺《おれ》は分かったんだ。兄貴に勝つ方法」

「おおそうか！　流石《さすが》は我が息子!!　話は聞いてやる。そこに私の案も加われば必ずやあのアルバスに勝てる。だから安心しろ。お前は私の言う通りにすればいいのだ」

ザカリーが珍しく優しげな声でアイザックにそう言った時だ。アイザックは自分に伸ばされようとしていたザカリーの手を払いのける。

「策……案……？　親父は俺がそんな小細工を使わないと兄貴に勝てないというのか⁉　違う、違うんだよ親父ぃ！　俺の勝ち方はそうじゃない!!　兄貴を超える方法はそんなものじゃないんだ!!」

「何を言っているんだお前は……。お前が言いたいことは分かる。お前が優れていることも。だが、確実な勝利を摑《つか》むためだ。分かるだろう？　大人になれアイザック。貴族には時としてこういった賢《さか》しい面も必要になる」

異変に気がついたのはその光景を少し離れたところで見ていた彼女。長年、アイザックの世話をしていたが故に分かる。

（アイザック様……あんなに魔力を持っていましたか？）

つい数日前とは違って、アイザックの魔力が異常なほどに大きくなっている。その異変を察した時、使用人は本能で悟る。

ここにいるのは危険だと。

「劣っている？　恵まれていない？　アハハハハハ‼　親父はそう言いたいのか⁉　いいや、そう言っているようなものじゃないか‼　今は違うんだよ親父。俺は手に入れたんだ……アルバスを超える魔力を‼」

アイザックの魔力が一際《ひときわ》大きくなると同時に、アイザックは詠唱を開始する。

『炎よ！　全《すべ》てを焼き尽くす業火よ‼　我が眼前にある全てを焼き払い、滅却せよ！　粉塵《ふんじん》爆滅‼』

終わる詠唱と構築を始める魔法。それを見た使用人はいち早く防御用の魔法を展開しようとした。使用人とはいえ、魔法の名家グレイフィールドに仕える者。ある程度の力量はあったが……今のアイザックの前では無力であった。

何故《なぜ》ならアイザックの魔法は一瞬のうちに構築が完了してしまったから。その光景に使用人だけじゃなく、ザカリーも目を見開く。

「この威力は……⁉」

「や、ヤメロオオオオ‼！　こんなところでそんな魔法を使うなあアアアア‼！」

「親父ぃ！　これで俺の力を認めてくれるよなあ！　アハハハハハハ‼‼」

連鎖して起こる大量の爆発《ばくはつ》。

ザカリーと使用人の背後にあった屋敷が爆発とそれで起きた炎で炎上する。

「わ、私の屋敷ガアアアアア‼‼　も、燃えて‼　う、ウワアアアアア‼‼」

ザカリーは屋敷の方に駆け寄って行き、爆煙の中に消えていく。その一方で離れていたとはいえ、爆発に巻き込まれた使用人は吹き飛ばされて怪我《けが》を負っていた。

「あ……アイザック様……」

その声がアイザックに届くことはない。アイザックは燃える屋敷に向かって幽鬼のような足取りで歩く。アイザックの全身から発せられる魔力が爆発や飛んでくる瓦礫《がれき》を弾《はじ》くから、アイザックだけは無事だ。

そうしてアイザックは崩落して炎上した屋敷の中に入り、地下へ通ずる道に入っていく。

「ひひひひ……アヒヒヒヒ‼‼」

これだ！　これがグレイフィールド家の魔力装置だ‼」

「案内ご苦労様。流石はグレイフィールド家次期当主、アイザック・グレイフィールドだ」

アイザックの背後。暗がりから一人の人間が現れる。中性的な顔立ちに声、ゆったりと幅の広い体型が分からないような服装。

「なあ？　これで俺は兄貴を越えられるのか？　兄貴よりも優れているってみんな認めてくれるのか？」

「ああ認めるとも。君が優れていること、誰《だれ》もが疑わないはずだ。だって、今の君はアルバス・グレイフィールドに匹敵《ひってき》する魔力と魔法の才能を得ているからね。同じ条件なら君の方が優れているのは当然さ」

「だよなあ!!　だよなあ!!　俺は優れているんだ……あの兄貴よりも!!　俺の方がずっと！　ずっと!!」

「ああ、本当に君は優れているよ」

陰から現れたそれはニヤリと笑いながら、魔力装置を操作し、詠唱を開始する。

『我が魔力は遥《はる》か遠く。果ての果てへ、かの者の道を示せ。転移の導』

魔力装置から膨大な量の魔力が柱となって、空を貫いた。次の瞬間、魔力の柱から数名の影が現れる。

「ここが人間どもの世界か。この俺を楽しませてくれるんだろうな？」

「あー早く人殺してえ～～」

「人間の皮っていいアクセになるのよねえ。たくさん殺したいわ～～」

現れたのは魔族たちだ。そんな魔族たちの最奥にいた、一際強い魔力を持った男性の魔族。

肩まで伸びた深紅の髪が特徴的だ。

「感謝する。我が名はバラム。上級魔族だ。これには魔王様もお喜びになるだろう」

「いやいや、私と君たちはギブアンドテイクの関係性だよ。君たちが王国で暴《あば》れてくれた方が私も助かるのでね」

「そうか。だが……こんな人間がいるなんて聞いてないぞ？」

話しながら視線をアイザックへと向ける。

それはああと口にした後。

「なに。彼は必要な人材でね」

「……お前がそう言うなら我々は干渉しない。む⁉」

魔族たちが魔力を察知する。次の瞬間、空間に響くような声が聞こえる。

『偉大なる王たちの化身よ。異界の来訪者を封じ込め、無垢《むく》なる民、我らの国土、その威光で守護せよ！　国土結界：天聖‼』

聞こえてきたのは国王の声。

大規模儀式による魔法発動。グレイフィールド領全域を覆《おお》う大規模結界だ。

「……人間どもに先手を取られたか！」

「やるね国王。私たちはしばらくの間、ここから出ることはできなそうだ」

それは笑いながら口にする。

だが残された魔族たちは不満そうに言葉を投げかける。

「おいどうなってんだ⁉　人間を殺せるんじゃねえのか‼」

「話が違うな〜〜！　お前から殺されてえか〜〜？」

「いいわね！　先ずはその二人の皮を剝《は》ぐところから始めましょうよ！」

「やれやれ、これだから低脳な下級魔族は嫌いなんだ」

「やめろお前たち！　ここで争ったところで何も起こらない‼」

バラムの一声で争いが寸前で止まる。バラムはそれに深々と頭を下げる。

「すまない部下たちが。だが、先手を打たれるとは思ってもいなかった、どうする？」

「あの手の結界は時間稼ぎ。時が経《た》てば解除されるさ。それに随分と性急に発動させたんだ、結界の内側に人がいてもおかしくない」

それの言葉に魔族たちの瞳《ひとみ》が強く、まるで獲物を狙《ねら》う肉食獣のように煌《きら》めく。

「ほう？　そいつらは狩っても？」

「当然大丈夫さ。暇つぶしくらいにはなるだろう」

「了解した。では誇り高き魔族どもよ。狩りの時間だ散れ」

バラムの一言で魔族たちは音もなく屋敷の外へと出る。バラムもまた自身の身体が煙のようになって消えていく。

それは一通り目にした後、やれやれとため息をつく。

「さて、アイザックくん、我々もそろそろ……って完全にキマってしまったか」

「ひひひ、兄貴ぃ……兄貴ぃ‼」

それとアイザックも屋敷から出て行く。

この時、その場にいる誰もが知らなかった。このグレイフィールド領にアルバスとエレインが向かっていることに。

そして、その先で起こる戦いを知る者はまだ誰も……。

第四章『運命に祝福された二人』

「アルバス君、振り落とされていないかい⁉」

「は、はい！　なんとか‼」

僕は今、エレインの背中にしがみついて飛行している。エレインは剣に火属性付与を使い、火を自分の後方に噴出することで飛行しているのだ。

その飛行速度は速く、必死にしがみついていないと振り落とされてしまう。

「そろそろグレイフィールド領だから速度を落とす。作戦の確認をしよう」

エレインは飛行速度を落として、空中で一旦《いったん》滞空する。僕は下を見ないように出発前に立てた作戦を思い出す。

「先ず、僕が上空から索敵。辺境騎士たちの位置を把握し次第、竜騎士さんが近場で僕を降ろす。

その後は竜騎士さんが魔族を各個撃破して、時間稼ぎしている間に、僕らはグレイフィールド領から脱出ですよね」

「ああ。恐らくギルドマスターが君たちを見つけてくれるはずだ。では行くぞ！」

エレインが地面に向けて速度を上げる。雲の上からどんどん下がっていて、眼前にグレイフィールド領が広がる。

僕はこの時、魔法のみに集中する。音属性魔法を覚えてからずっと使い続けている魔法。それをいつもよりも広範囲に使用するため。

「【索敵音《ソナーサウンド》：広域音波】」

響く僕の魔力と音。グレイフィールド領全域という広大な範囲も、全《すべ》て僕の魔法の範囲内だ。報告された通り、グレイフィールドの屋敷はほぼ形も残っていない。領内の至る所にいる魔物とは比較にならないほど大きな魔力反応。

領内の中央。そこに何人かの反応がある。おそらく、そこに逃げ遅れた人たちがいるだろう。そして、グレイフィールドの屋敷があったところ。そこに見覚えのある魔力と、とてつもなく強い魔力があった。

「見つけた……っ！　中央にあるグレイフィールド領の教会に人がいます！」

屋敷が気になるけど、今は辺境騎士のところに向かうのが先決だ。

エレインは飛行速度を維持したまま教会へ向かって落下する。グレイフィールド領を囲う結界へと速度を落とすことなく。

「ちょちょちょ!!　結界！　結界ありますよ!!」

「大丈夫だ。舌を噛《か》まないように歯を食いしばれ！　着地まで後三、二、一……」

僕とエレインの身体は結界を素通りして行く。素通りしたのを確認してか、エレインは一段と速度を上げた。

「なんだ⁉」

「あの強大な魔力……いい獲物がいるじゃないか」

「アハハ‼　誰《だれ》があいつらを倒せるか、競争よ！」

索敵音の効果が継続しているせいで、そんな声が僕の耳へと入ってくる。

「僕らを狙《ねら》ってきますよ。おそらく」

「あれだけ派手にやったんだ。魔族も馬鹿じゃない。魔族は任せて、アルバス君は行くんだ！」

エレインに教会の近くに降ろしてもらう。僕は教会に向かう前に、エレインの方を見て。

「ご無事で」

「……君こそ死ぬなよ」

そう言葉を交わし合って、僕らはそれぞれの道を行く。僕の頭上でエレインが大量の魔力を発したのを肌で感じる。

「誰だ⁉　これ以上近づくな！」

教会に向かって走っている時だ。軽装の辺境騎士が壊れかけた教会の扉から出てきて、僕に剣を向けてきた。

僕は警戒されないよう急ブレーキをかけて立ち止まり、両手をあげて敵意がないことを示す。

「皆さんの救出のために来ました冒険者のアルバスです！」

「アルバスって……君は!!　追放されたと聞いたがまさか君が助けに来てくれるとは……。感謝する」

どうやら向こうが僕の顔を覚えていてくれたみたいで安心した。

「つもる話もあるだろうが……はっきり言って状況は最悪だ。こちらには怪我人《けがにん》も多い」

「これは……」

壊れかけた教会の中、そこには逃げ遅れた人たちがいた。ほとんどはグレイフィールドの使用人や、その近辺に住んでいる人で、怪我人も多い。酷い人だと一刻を争う状態の深い傷を負っていた。

それを見た瞬間だ。近くで魔力が弾《はじ》ける気配と共に、爆発音《ばくはつ》が聞こえてくる。

どうやらエレインが戦闘を開始したようだ。ここにとどまり続けるのも危ないが、ここにいる人たちを一斉に逃がすのはかなりリスキーだ。

僕一人だけでどうするべきかと考えていると、僕のもとに向かって白い鷹がやってくる。あれは確か……。

「ルルアリア王女様の……。どうしてここに？」

鷹は僕の肩に着地し、足に持っていた魔石を渡してくる。僕がそれを手にすると魔石が紫色に淡く光る。

『ご無事でしたか⁉　アルバス様！』

「る……ルルアリア王女様⁉　なんで貴方《あなた》が……？」

魔石から聞こえてきたのはルルアリアの声。そんな予感はしていたが、実際に聞こえてくると驚いてしまう。

それを聞いてなのか、周囲の人たちが若干ざわめき始める。辺境騎士も驚いているようだ。

「何故《なぜ》、君が王女様とご連絡を？　知り合い……なのかい？」

「色々ありまして……おいおい話します。けど、どうしてルルアリア王女様が使い魔なんて？」

『先生……冒険者ギルドのギルドマスターから要請がありまして。協力している状態です』

ルルアリアの先生ってエレノアだったのか……。先生がいることはチラリと聞いていたけど、まさかあの人だったとは……。

しかし、これは助かる。ルルアリアの魔法さえあればすぐにでもここから脱出することができるだろう。

『アルバス様、そして皆様方。只今《ただいま》より王国の魔法で貴方たちを安全なところに転移させます。一箇所に集まってください』

ルルアリアの声は、いつも僕と話す時のような年相応のものではなく、王女としての威厳と落ち着きに満ちた声だった。

ルルアリアの指示通り、人々が集まる。その中で白い鷹がそれを見届けると、僕らを囲むように円を描いて飛行を始めた。

『鷹の描く円から出ないようにしてください。では行きます！　転移……』

「アヒャヒャヒャ!!　見つけたぞ兄貴ィィィ!!!!」

ルルアリアが魔法発動のために詠唱を始めた瞬間だった。

忘れられない声が教会に響いた。刹那、彼は詠唱を開始する。

『火よ！　集いて、我が敵を撃て！　業火弾!!』

それは先のデスナイト戦でエレインが使った魔法で、エレインよりも詠唱が遥《はる》かに短い。

それに詠唱から発動までの間も、エレインよりもわずかだけど早い！　これでは転移が完了するまでに業火弾が着弾してしまう！

「【衝撃音《ショックサウンド》！】」

僕は鷹の描く円から飛び出して、魔法を発動する。衝撃音で業火弾を相殺しようとしたが、業火弾は少し勢いを弱めるだけで完全に消えない。

「威力が高い……！　【音波障壁三連《ウォール・サウンド》！】」

業火弾の射線上に音波障壁を三つ配置。ひとつめ、ふたつめは容易く破られたが、三つめで完全に相殺する。

『アルバス様！　早く円の中に！』

「そうだ！　彼は危険すぎる！　早く転移の中に!!」

ルルアリアと辺境騎士の声が背後から聞こえてくる。

転移の魔法はじきに発動するだろう。ここで一歩下がって、転移するのが賢い選択なのだろう。けれど、できなかった。

だって、僕の目の前に立っていたのは追放された僕以上に変わり果てたアイザックだったから……。

「兄貴ぃ！　兄貴ィ!!　ようやくミツケタ！　ミツケタゾ!!！　なあ兄貴！　俺《おれ》はお前を超えたんだよ!!　ようやく俺はお前より優れた魔法使いになれんだよ！」

アイザックから漂う、デスナイトとルルアリアの呪《のろ》いの気配。それを発し続けるネックレス型の魔道具。

アイザックの瞳《ひとみ》は僕ではない虚空《こくう》を見つめていて、アイザックとは思えないほどの大量の魔力が全身から立ち上っている。

「ルルアリア王女様。貴方の呪いに一つ近づけそうです」

『退いてください アルバス様！　そこは危険です!!　私の呪いのことなんていいから！　アルバス様は生き残ることを……』

「できません。そこにいるのは僕の……僕の大切な弟ですから」

アイザックに……グレイフィールドに何が起きたのか分からない。僕は追放された身だ、関係のない話だろう。

だけど、弟の異変を目の当《ま》たり《あ》にしてそれを見なかったことにはできない。

「これは僕の責任なんです。僕の間違いが生んだことです。だから、僕はアイザックとここで向き合う義務がある。

……大丈夫ですよ。必ず、帰りますから」

『……ッ!!　必ず帰ってきてくださいね!!　貴方には沢山言わなくちゃいけないことができたので!!』

その声を最後に転移の魔法が発動し、白い鷹ごと辺境騎士や領民たちはその場から消える。

使い魔がいなくなったことで、ルルアリアの声も聞こえなくなった。

「兄貴ィ！　兄貴ィィ!!　見てくれよ俺の魔法！　俺はようやく……ようやくお前を越えるんだよ!!　今ここで!!　なのにヨォ、兄貴の声が！　姿が！　消えないんだ!!　俺から消えてくれないいんだ!!

だから消えてくれよ!!　兄貴は追放されたんだからさあ!!　俺の前から消え去ってくれよオオオ!!！」

一層高ぶるアイザックの魔力。これは僕に匹敵《ひってき》する……いや、出力量だけでいえば僕以上だ。

短期間でこんなに成長することなんてあり得ない。魔道具を使っているとしても、これはあまりにも異常な伸び幅だ。

ルルアリアと同じ呪いの気配を発するネックレス型の魔道具。おそらくそれがアイザックの魔法使いとしての性能を無理矢理上げているのだろう。

「それは精神だけじゃなくて肉体も蝕《むしば》むような猛毒だ。そんな物を使ってまで、僕を超えたかったのか？」

答えはない。

今のアイザックはマトモなコミュニケーションを取れるほど正気を保っていないからだ。

ただ、おぼつかない足取りで僕に近づいてくるだけ。

「兄貴！　俺はもうお前から魔法を教わることなんて何もない!!　俺の魔法！　俺の属性の前で消えてくれよ兄貴ィィィ!!！」

「分かった……君の気持ちは分かったよアイザック。その気持ち、全部受け止めよう。

そして間違えない。僕はここに自分の命を懸ける」

あの時とは違う。アイザックの本気……いや全力か。僕もそれに応《こた》える。僕はこの戦いに自分の全てを懸けよう。

それに僕は兄なんだ。

たとえ、グレイフィールドを追放されても、アイザックと血の繋《つな》がった兄弟っていうところは変わらないから。

母は違くとも、父は同じだから。

だからアイザックの気持ちは全て受け止めよう。アイザックの言葉も一つ残らず。

それが今の僕にできる精一杯のことだと思うから……。

「けど、帰りを待つ人がいるんだ。信頼してくれている人たちがいるんだ。ここで死ぬつもりも、君を殺すつもりもないよアイザック」

僕とアイザックの魔力が同時に高ぶりを見せる。先に動きを見せたのはアイザック。アイザックは今にも魔法を使い出しそうだ。

「詠唱……っ⁉」

詠唱破壊を使おうとして、僕はそれを強制的に中断させられる。

僕の目の前に突如火が巻き上がったからだ。肺を焼かれかねないほどの熱波をその身に受けながら、僕は飛びのく。

――そのわずかな隙をアイザックは見逃さない。

『火よ！　集いて、我が敵を撃て！　業火弾！　業火弾‼』

巻き上がった火を突き破って、業火弾が僕を襲う。僕はすんでのところで転がり込むように回避して、アイザックを見据える。次の瞬間、またも僕の周りに炎がまとわりつく。

（単純な魔力操作で今ある火を操作しているのか……。火属性ならこういう使い方もできるということか）

先ほどから炎が僕にまとわりつく理由。それは魔法ですらない、アイザックの魔力操作によるものだと僕は考える。

火を新たに生み出したりするのは魔法が必要だけど、既にある火を操作する分には魔力操作で事足りてしまう。複雑な操作はできないし、既にある火を大きくしたりすることはできないけど、この状況ではあまり関係ないだろう。

何故なら周囲、どこを見渡しても火があるから。炎上したグレイフィールド領はアイザックにとってはこれ以上になく有利な地形だ。

「おらおらどうしたあ兄貴⁉　逃げてばかりじゃ意味ないぜ⁉」

『水よ、刃となり敵を切り裂け【水刃波】！

風よ、鋭く舞え【風刃波】‼』

「【衝撃音《ショックサウンド》】‼」

火を回避しつつ、僕は衝撃音で迎撃する。しかし、一発では威力が弱まるだけで、アイザックの魔法を完全に相殺しきれない！

完全無詠唱の衝撃音を発動させて僕の身体を衝撃音で吹き飛ばすことでとりあえずの回避はできたけれど……。

「僕よりもアイザックの方が出力が上か……」

魔力量は僕と同等。しかし、一度に出力している量はアイザックの方が上だ。

僕の魔法で例えるなら、アイザックの魔法一発、一発が僕の爆音波と同等クラスの威力を持つ。

それよりも威力が低い衝撃音や超音波では、アイザックの魔法に打ち勝てない。一つの魔法に対して、僕は複数回それらの魔法を使わないといけないのだ。

でも僕は僕で、アイザックよりも上回っているところはある。

「わッッッッ!!!!」

完全無詠唱の衝撃音。

これでアイザックを直接攻撃して、アイザックの意識を飛ばす……!!

だが、僕の衝撃音は首の魔道具が発した呪いによって弾かれてしまう。

「ルルアリア王女様の呪いと同じ……！」

ルルアリアに声帯付与をかけた時を思い出す。治癒や魔法を弾く呪い。それと同じものがアイザックにかけられている。

あれを突破して声帯付与《エンチャントボイス》をかけた時、大量の魔力を消費した。それを防御に使われたら、突破はとんでもなく困難だ。

『火よ！　集いて』

この魔法は使わせたらマズイと直感する。しかしそれはアイザックも分かっているのか、火を操作して僕の周囲にまとわりついてきた！

けどそれはかろうじて読めている。僕はまたも完全無詠唱の衝撃音で自分の身体を吹き飛ばし、火から脱出しながら詠唱破壊を放つ。

「【詠唱破壊《スペルブレイク》！】」

渾身《こんしん》の魔力を込めた詠唱破壊。それは呪いによる防御を貫通し、なんとか詠唱を途中で止める。

しかし、一つ魔法に対処したからといって、これで状況が好転したわけではない。

「……ひひっ！　兄貴ぃ、兄貴の魔法は俺には効かないようだなァ!!　俺の魔法を止めるのに必死になってでヨォ!!」

そう、アイザックの魔法は僕に大ダメージを与えられるものだ。

しかし、僕の魔法ではアイザックに大したダメージは与えられない。

僕は魔法の相殺のために、複数回魔法を発動しないといけないのに対して、アイザックは単純に魔法を撃ち続ければいい。

僕の方が圧倒的に不利。

――僕の手札が音属性魔法だけなら。

「いつだって僕は必死さ。昔からずっと。だから、僕はこうする。【過負荷魔法《オーバーロードマジック》】」

僕の手札は音属性だけではない。

物心ついた時から今まで培ってきた無属性魔法がある。

今使った魔法は過負荷魔法。肉体と魔力、どちらにもいつも以上の負荷を強いることで、一定時間魔法の効果を倍増する魔法だ。

「小賢《こざか》しい真似だな兄貴ぃ!!　『火よ、爆《は》ぜろ。爆炎!』」

「こっちだってなりふり構ってられないんだ!　【衝撃音!!】」

魔力による爆発を衝撃音で相殺する。その結果、腕の血管が何本か弾け飛ぶような痛みが、僕を襲う。

……あまり時間はかけられない。時間をかけていたら、過負荷魔法で僕が先にダウンしてしまう。

「なんだよ……なんなんだそれは!!　さっきまで俺が圧倒していたはずなのに、なんで今は互角なんだよ!!!」

僕の魔法がアイザックの魔法と拮抗《きっこう》し始めた。それを見たアイザックが金切り声を上げる。

そうだ。過負荷魔法はアイザックが知らない無属性魔法だ。僕がこれを取得したのは、女神の儀が行われる前日。無属性魔法でも高度で複雑な魔法なんだ。

高度な無属性魔法であるほど、属性魔法の方が優れているという価値観から取得する人が少なくなる。わざわざそんな無属性魔法を取得するよりも、属性魔法に時間を割いた方が魔法使いとして大成するから。

僕だって魔法の取得速度が早くなければ、無属性魔法をここまで覚えようとは思わなかっただろう。

「いいかい?　無属性魔法は軽視されがちだ。無属性魔法よりも属性魔法の方が優れているからね。時間があれば属性魔法を覚えた方が有意義だろう。

しかし、無属性魔法は強化という一点において、属性魔法を上回る」

自己の強化、他人の強化、魔法の強化、それらを得意とするのは無属性魔法だ。

白兵戦では身体強化という身体能力を強化する魔法が多用される。しかし、魔法戦において魔法の強化が使われることはあまりない。それは何故か？

単純な話、強化に魔力を割くくらいならもっと威力の高い魔法を使えばいい。

だから過負荷魔法による魔法の強化は、僕にとっての苦し紛れの策だ。

僕の攻撃魔法は爆音波以外は大体同じ威力。爆音波は衝撃音よりも威力は高いが、魔力の消費が大きく、範囲が広く、隙が大きい。あまり連発できるような魔法ではないのだ。

「知らない、知らない、知らないぞ‼　そんなの⁉　お前だけずるいぞ‼　いつだってお前だけ‼」

アイザックが叫ぶ。

この言葉は何度も聞いた。昔から僕が父から褒められる度、アイザックが口にしていた言葉だ。

「……でもアイザック、君は僕が持ちたくても、持てないものを持っているじゃないか。僕みたいな小手先ではなくて、君には君だけの……」

「黙れ、黙れ黙れ黙れエエ‼！　俺はそんな気休めが聞きたいんじゃない‼　お前が俺よりも上にいるのが、その目が気に食わないんだアアア!!！」

アイザックの魔力が一段と強くなる。そして僕は自分の発言が間違ったとなんとなく理解した。

アイザックの感情が強まり、魔道具から発している呪いが一段と強くなっていく。あれはどうやら魔力だけではなく、感情すらも強くするのか……。

アイザックの言葉は支離滅裂。マトモなコミュニケーションは期待できない。

けどアイザック気がついているかい？

今は僕がアイザックを追いかけているということを。

「できれば回収したかったけど、そうも言ってられないねこれは……っ!!」

アイザックの呪いと魔力はどんどん強くなり、アイザックの理性はそれに応じてどんどん消えていく。

あの魔道具を使い続けていると、どこかで後戻りできなくなる。どこかで精神が完全に壊れてしまう。

魔道具は無傷のまま回収するのが望ましかった。ルルアリアの呪いと同じものを発しているから、きっと何かの手がかりになるだろうと思ったから。

けど、それも難しい。アイザックの精神と僕の残った魔力と肉体的余裕。それら全てを考えて、僕はギリギリの勝負を強いられることになるのだから。

「【衝撃音《ショックサウンド》＋魔法強化《マジックブースト》】」

「遅え！『火よ、燃えさかれ！　発火!!』」

僕が衝撃音を放つと同時、アイザックの魔法が僕を襲う。波状に放出された火を前にして、僕は勢いよく飛びのいて回避する。

衝撃音はアイザックの身体に命中して、アイザックをわずか後方に吹き飛ばす。呪いによる防御も、過負荷魔法と魔法強化、二重の強化を合わせれば突破できる！

「けどこの方法だと無詠唱の強みが完全に消えているな……！」

二つの魔法を掛け合わせて使うのは、普通に詠唱して魔法を発動するくらい時間がかかる。それでも一回の詠唱にかかる時間で二つ魔法を発動していると思えば破格の速さなのだが……。

「気に食わねえ！　気に食わねえ!!　俺にダメージを与えやがって!!　気に食わねえぞ兄貴イイ!!！」

アイザックが詠唱を開始する。僕はそれを見て地面を蹴《け》る。

『火よ！　水よ！　風よ!!』

三属性も使う複合魔法の詠唱！　これは絶対に発動させてはいけない!!　けど、詠唱破壊封じの魔力操作が疎《おろそ》かになっている……!!

『集いて狂い、吹き荒れ、我が眼前の……』

「まだ魔法の詠唱しているのか!!　【詠唱破壊《スペルブレイク》!!】」

　アイザックの詠唱を無効化し、隙を生み出す。その一瞬の隙に僕は次の魔法を発動する。

「【付与《エンチャント》】」

　ルルアリアへの声帯付与。その経験と今までの戦いの中で得た数々の音属性魔法に対する経験と知識。それらをフルに活用する。

「【衝撃音《ショックサウンド》：脚部《レッグ》】」

　両脚への衝撃音の付与。

　僕の両脚は振動を帯び、そしてその振動は衝撃波となって僕を加速する！

「なんっっっだよそれ!!　攻撃魔法のエンチャントなんて聞いたことないぞ⁉」

「僕だって初めてやったよこんなの!!」

　アイザックへ一瞬のうちに肉薄し、僕は衝撃音で強化された蹴りを叩《たた》き込《こ》む。その威力は凄《すさ》まじく、魔力と呪い、二重のガードがあっても後方数メートルまで吹き飛んだ。

　衝撃音は特殊な衝撃波を放つ魔法。これに蹴りによる威力を上乗せすることで、衝撃音の威力が倍増するとは思ってもいなかった。

「クソッ！　クソクソクソッッッ!!　ずるいぞ兄貴ばっか!!　土壇場でそんな魔法使うなんて!!」

「魔法は積み重ねだよアイザック。君が最近手に入れた力はどれも凄まじい。三属性、僕と同等の魔力。けど後者はまがい物。君にどこかでガタが来るのは当然の結末だったんだよアイザック……」

「また!!　俺にご高説垂れるっていうのか兄貴!!　まがい物でもなあ！　お前を倒すには十分なんだよ！　『火よ！　敵をのみ込め！　大発火!!』」

アイザックは立ち上がりながら魔法を発動する。先ほども使った発火の魔法の上位互換。

「範囲と威力がでかい!?」

想像を超える範囲と強さに僕は後方へ飛びのいて回避する。確かにまがい物の魔力でも、これだけ火を操《あやつ》れるなら僕を倒すには十分すぎるだろう。

『火よ！　集いてその力を溜《た》め、溢《あふ》れ出る業火となって放出せよ！　火炎放射《フレイムバーナー》！』

次は発火とは違う!!　僕に目掛けて一直線に飛んでくる火炎！　速度が早くて回避が間に合わない!!

「一か八か！　【付与衝撃音《エンチャントショックサウンド》：右腕部《ライトアーム》!!】」

右腕部に衝撃音を集中させて付与。右腕を突き出して火炎放射を止める！

衝撃波で火炎をいくらか相殺できるものの、火と音では相性が悪い。これが水なら無傷で済んだが、音の僕では肩まで火傷《やけど》を負うところで精一杯だった。

「なんでだよ！　俺の渾身だぞ!!　なんでそれを片手で弾くんだよ!?　なあ兄貴！　兄貴はどこまで……」

僕はこの時、てっきりアイザックにまた恨み言を言われるのかと思っていた。それを全部受け止めるつもりでいた。

だから、次の言葉に僕はどうしようもない衝撃を覚える。

「兄貴はどこまで凄えんだよ!!　俺の渾身だぜ⁉　俺が使える魔法はほとんど使ったのに！　兄貴は全部超えてきやがる!!　兄貴には分かるか⁉　この俺の気持ちが!!」

僕の右腕部を丸々火傷させておいて……なんてことを言うんだこの弟は。

けどそう言われるのも悪くない。正直、今にもぶっ倒れたい気分だけど、あと少しだけ頑張れそうな気がする。

「分かるよアイザック。僕は君の持ってないものを持っていて、君は僕の持っていないものを持っている。アイザックの気持ちは痛いほどよく分かる」

僕ら二人の才能が分かたれることなく、どっちか一人のところに集まっていたら、僕らはこんなことにはならなかったはずだ。

僕にとってはアイザックの属性が、アイザックにとっては僕の才能が、喉《のど》から手が出るほど欲しいものだとしても手に入らないものだと分かっている。

こうして戦って思う。僕がアイザックの属性を使えたら、一体どんな魔法使いになったんだろうって。

この時初めて、アイザックと分かり合えた気がした。けど、一度始まった戦いはそう簡単には終わらない。

『火よ。我が身に宿る猛《たけ》き炎よ』

アイザックが詠唱を開始する。

周囲の火すら静まり返るような魔力。それはアイザックにとって切り札中の切り札。

けどそれは同時に先と同様、周囲の火を操作できるほど余裕がないということ。ここで詠唱破壊を使えば僕は決定的なアドバンテージを得る。

だけど、アイザックの瞳がそれを止めた。

──頼む、見ててくれよ兄貴。

狂気でもなければ、虚空を見つめる瞳でもなかった。ただ僕を見つめる真《ま》っ直《す》ぐな瞳。

僕が覚えている限り初めてかもしれない。こんな風に頼まれたのは。

──いつだって悪態ばかりついて／僕が悪かったかも？

──嫌われるようなことばかり口にして／でも何故か見捨てられなくて。

──わがままで傲慢でどうしようもない弟だったけれど／本当は無関心で歪《ゆが》んでいたどうしようもない兄だったけど。

「いいよ、一回だけだ」

その瞳が、長く凍りついていた僕の心を溶かす。君の頼みなんだ。兄である僕が受け取らなくてどうする。

これから発動する魔法は正真正銘、全身全霊の魔法だろう。それは全身が察知している。

なら、僕もまた同じく全身全霊で応えなくてはならない。

「行くよアイザック」

僕に残された魔力は――。

「【魔力増強《ブーステッドマナ》＋貫通魔法《ペネトレイトマジック》】」

『収束、圧縮、我が内側で荒ぶり、その力を高めよ』

魔法の重ねがけと詠唱が同時に響く。

僕は残された魔力を振り絞り、魔法を発動させていく。全てはたった一撃のためだけに。

「【過負荷魔法《オーバーロードマジック》＋限界突破《リミットブレイク》】」

『輝け、輝け、輝け。我が魔力を糧に焔《ほむら》よ、輝き照らせ』

多数の魔法を重ねがけする度、意識が飛びかける。全身から力が抜けていくのを感じながらも、必死に堪えてアイザックを見据える。

アイザックもまた呪いと魔力を増大させている。アイザックの身体の前で集まる炎。凄まじい魔力だ。この一撃だけはエレインやエレノアにだって届きうるものとなるだろう。

今から僕はその魔法に挑む。文字通り、僕の使える全てを使って。

「【魔力暴走《バーンアップマナ》】」

『焔よ、全てを照らし、王の鼓動となれ』

魔法の重ねがけと詠唱が終わる。

一度、僕らの周りから音が消えて、次の瞬間、僕らの魔力がこれ以上なく荒ぶる。

アイザックは右手を空に向かってあげる。アイザックの目の前にあった炎は巨大な火球となっていた。それを見て、僕もまた構える。

言葉も合図も必要なかった。僕らは同時に魔法を発動する。

「【爆音波《バーストサウンド》ッッ!!!!】」

『煌炎熱波《プロミネンスブラスト》ッッ!!』

炎と音が僕らの間でぶつかる。

数多《あまた》の魔法を重ねがけして、ようやく僕が少しだけ押している。しかし、僕の魔力は残り少ない。重ねがけした魔法と、爆音波を長時間維持できないのだ。

「ハハッ！　兄貴ィ！　俺の方が一歩上だ!!」

魔力の消費に合わせて押し返される僕の魔法。

やはり魔道具で出力を強化されたアイザックの前では僕の魔法は押し返されていく一方だ。

このまま爆音波を維持すればジリ貧で僕が負ける。かといって解除すればアイザックの魔法に焼かれる。絶体絶命とはまさにこのことだ。

ああそうだ。この勝負正しく……。

「誇れアイザック。君は僕に勝利した。今、この瞬間確かに」

この勝負アイザックの勝ちだ。けど、兄としての責任は全《まっと》うする。

「……フンッ‼」

僕はその場で足踏みをする。次の瞬間、爆音波は解除されて、僕とアイザック、二人の身体が別々の方向に吹き飛ぶ。

僕は右に、アイザックは左に。それぞれの身体が吹き飛んだ結果、アイザックの魔法が誰もいない空間を穿《うが》つ。

「……ッ！　これは⁉」

アイザックは突然のことに驚く。

完全無詠唱の衝撃音にはこういう使い方もできる。つまり大規模魔法をブラフにするという方法が。

けどこの手段はできれば使いたくなかった。これは勝負の放棄であり、つまるところ僕がアイザックから逃げたということになるから。

人生で初めて味わう悔しさという感情を噛み締めながら僕は前に進む。

「【衝撃音《ショックサウンド》！】」

僕は走りながらアイザックに向けて衝撃音を放つ。アイザックは右手に呪いと魔力を収束させ、衝撃音を手で弾く。

「さっき兄貴にできたということはさあ‼　俺にもできるっていうことだよなあ⁉」

見えない音をヤマカンで弾くなんて馬鹿げている‼　というかこれはマズい！　攻撃魔法一

辺倒だったアイザックが、他の用途に魔法を使う意識をし始めた！

もう次はない。アイザックの手札が増えれば僕に成すすべは完全になくなる。これが最後のチャンス!!

「この距離なら、俺の魔法の方が早え！『火よ』」

アイザックが詠唱を始めたその瞬間だ。

僕の足で衝撃波が弾ける。

地面がえぐれて、一瞬のうちに僕はアイザックに肉薄する。

もう僕の魔力は残っていない。少し前に脚に付与した衝撃音。それを最低限、辛うじて維持するためにギリギリを狙って魔法を使っていたから。

「アイザック……これで終わりだ」

僕は首からかけている魔道具に手を伸ばし、それを引きちぎる。

僕はすぐさま、それを足元に投げ捨てる。

魔道具は呪いをかける場所を見失い、効力を失う。呪いを失ったアイザックはその場に倒れて、僕も遅れてぶっ倒れる。

「兄貴……やっぱ超えることはできなかったか」

「馬鹿言うなよ……。こんだけ僕を追い詰めて、僕の魔法を超えたというのにさ……」

アイザックの言葉に僕はそう答える。

もうこれ以上魔法は使えない。そう言えるところまで魔力と体力を使い切った。

「兄貴、俺はとんでもねえことをした。屋敷を燃やして、多くの人を傷つけて……それに俺はやばいやつに利用されただけかもしれない。これ以上生き恥を晒《さら》すのはごめんだ」

「だったらどうしてほしいのさ？」

「殺せ。俺は立派な罪人だ。兄貴に殺されるならそれでいいさ」

アイザックの言葉に僕は押し黙る。

僕は空を見上げるように寝転がり、耳を澄ます。まだ戦いの音はやまない。

それを聞いて、街の惨状を見て、僕はアイザックに向けて言う。

「断る。これはアイザックの罪じゃない。僕の罪だ」

「……は？　何言ってんだよ‼　俺がやったことだぞ⁉　兄貴になんの罪があるって言うんだ！」

アイザックが声を荒げる。

「……僕は自分のことしか考えてなかった。魔法を試すこと、覚えることで必死で何も見ようとはしなかった。アイザック、君のことさえも」

僕は思い出す。今までのことを。

「アイザックは女神の日に僕に言ったよね。僕から魔法を教わるのが屈辱だったたって」

「それが……なんだよ」

「僕は気がつくべきだったんだ。そう思ってるアイザックに、もっと向き合うべきだったんだ。アイザックと向き合わず、僕は自分のことばかりで……。長年培った歪んだ劣等感が君を狂わせた。それを生み出したのは僕だ。だからこれは僕の罪だ」

もっと早く、アイザックの劣等感や屈辱と向き合うべきだったんだ僕は。

僕は自分勝手に魔法を覚えて、それを教えるのが当たり前だと思ってアイザックに教えていた。少し考えれば、同年代の僕にできて、自分にできないことを教えてもらうなんてこと、屈辱的って分かるはずなのに。

歪んで溜め込んだ劣等感。行動に起こしたのはアイザックかもしれない。けど、それを生み出したのは僕なんだ。だから、元凶を生み出した僕が背負うべき罪なんだこれは。

「天才とか言われて、一番調子に乗っていたのは僕自身っていうオチさ。僕は魔法のことばかりで、それ以外が見えていなかったんだ」

いつだって僕は魔法、魔法、魔法。

追放された時、立ち直りが早かったのも王都に行けば音属性の魔法書があるかもしれないっていう好奇心や可能性に突き動かされていたから。

冒険者になったのも魔法を試すため。

ルルアリア王女を助けたのも魔法を試すため。

僕はそういう人間だったって気がついた。グレイフィールドで一番歪んでいたのは誰でもない僕自身だったのだ。

「だからごめんよアイザック。君にはたくさん悪いことをした」

これは本心。僕からアイザックに伝えたかった言葉。

アイザックから歯を嚙む音と、涙が伝う音が聞こえる。

「そんなこと言うなよ……俺が馬鹿みてえじゃねえか」

アイザックは拳《こぶし》で地面を叩く。吐き出すようにアイザックは僕へと言った。

「謝るなよ……ふざけるな。俺が一番惨めじゃないか……!! なんで今さら謝るんだよちくしょう……っ!!」

その言葉も甘んじて受け入れよう。

こんなことが二度と起こらないよう、その言葉をただ静かに受け入れよう。きっと、それが僕がアイザックにできる最初の償いだと思うから。

「いやはや実に素晴らしいものを見せてもらった。全くもって反吐《へど》が出るぞ人間」

馬鹿にするような声と拍手の音。

僕らの前にとんでもない魔力の持ち主が現れた。

ああくっそ最悪だ。

僕は心の中でそうぼやく。

アイザックと戦って、僕はこれ以上ないくらいに消耗していた。魔法どころか指先一本満足に動かせない。

だと言うのに目の前に現れたのは正真正銘の魔族。それもとんでもない魔力量。エレノアが言ってた上級魔族とはこいつのことだろう。

百九十センチを超えるだろう身長。それよりも長い大太刀を片手で持っている。肩まで伸びた深紅の髪が目を引く。

「力をもらったから少しはやるかと期待していたが、たかが人間一人に負けるようでは所詮人間だな」

「て、てめえは……おい！　あいつはどこにいる⁉」

アイザックは目の前の魔族を知っている様子だった。しかしあいつとは一体誰のことだろうか？

「ふん、我らの協力者なら既に消えた。後は好きにやれと言い残してな」

協力者……！　僕たちが予想した通り、魔族を呼び寄せた奴《やつ》がこの裏にはいる！

そしておそらく、その協力者がアイザックに魔道具を渡した人間だろうと推測する。

そう思うと、はらわたが煮えくりかえるような気持ちになる。なんだろうか……この気持ちは。

「ということで我も動くことにした。ウォーミングアップに、先ずはお前たちを血祭りにあげてやろう」

魔族が大太刀を抜く。彼の髪と同じ深紅の刀身が特徴的な。

彼は大太刀を両手で構えながら名乗りを上げる。

「我は気高き、上級魔族が一人バラム！　人間どもよ恐怖せよ！　蹂躙《じゅうりん》してやろう」

名乗りと同時に解き放たれる魔力。

それは僕が今まで見てきたどんなものよりも強大で不気味な魔力だった。

僕以上の魔力量。先のアイザックを超える魔力出力。疲弊しきった僕らでは勝ち目どころか、数分後の生存すら絶望的だ。

それでも退けない……！

「なに、僕の弟に手を出そうとしているんだ……！」

「あ、兄貴!?　無茶だやめろ！　兄貴はもう立っているのですら限界じゃねえか!!」

アイザックの言う通り、立ち上がるので精一杯だ。ここから魔法なんてとてもじゃないが使えたものじゃない。

それでもやらなくちゃいけない。そんな単純な使命感だけが僕を突き動かす。

「無茶も無理も百も承知だ。それでも僕は戦わなきゃいけない。アイザックを守るために。だから絶対にここは退けない」

「な、んで……。俺がやったこと分かってるだろ兄貴ぃ!!　俺なんか見捨てて、さっさと逃げろよ!」

「さっきも言ったはずだ。あれは君の罪じゃない、僕の罪だって」

これは贖罪《しょくざい》なんだ。

故郷をこんな風にした。魔族を呼び寄せた。多くの人を傷つけたアイザックの、そのきっかけを生み出した僕の。

ここで逃げてたら、僕はまた同じことを繰り返す。それだけは絶対にごめんだ。

「アイザック、君こそ――」

「話は済んだか?」

君こそ逃げるんだ。そう言おうと思った刹那だ。

僕の足元に血が流れる。

アイザックの胸元《むなもと》を十字に斬り裂いた傷ができていたのだ。

「……ガハッ!」

アイザックは血を吐き出す。

何が起きた?　この一瞬で何をやられた?　いやそもそも、何でアイザックが斬られている?

そんな疑問が頭を覆《おお》い尽くし、僕が口にしたのはたった一言。

「どう……して」

「死にたがりから引導を渡してやろうと思った。それだけのことだ」

声が聞こえる。視線が声の主《ぬし》へと向く。

「ハハハ!! なんだその目は? この世は弱肉強食だ。我を前にして立ち上がったお前は評価してやろう。しかし、力をもらいながら無様に倒れている奴なんか、死んで当然だろう?」

「あ、兄貴……」

僕の足元から声。僕はすぐにしゃがんでアイザックを抱える。

「兄貴……悪かったよ」

「喋《しゃべ》るなアイザック……! 静かにしていろ!」

ポーチから治療用のポーションを取り出すと、次の瞬間その瓶《びん》が割れる。中に入っていたポーションが、アイザックとその周りに飛散する。

「みすみす治療をさせるとでも?」

次の瞬間には僕のポーチが器用に斬られて宙を舞う。一体なんなんださっきから!?

何が起こっているっていうんだ!?

「兄貴、俺のことは背負うな。お前はもう、グレイフィールドじゃない。馬鹿な俺たちのことなんか見捨てて、遠いところまで行っちまえよ」

アイザックの手が僕の胸に触れる。アイザックは途切れ途切れの声で詠唱を始める。

『水よ、生命を司《つかさど》る水よ。我らに癒《い》やしを。治療の清水《ヒーリングウォーター》』

治癒系魔法が発動し、僕とアイザックの傷を少しだけ治療する。

その直後、グッタリとアイザックの手が地面に落ちる。その中でアイザックは消え入りそうな声で言う。

「兄貴……頼みだ。あいつらをぶっ飛ばせ」

その言葉を最後にアイザックは意識を失う。数滴のポーションとアイザックの魔法のおかげで、かろうじてアイザックは息をしている。

はらわたが煮えくりかえるどころの騒ぎじゃない。全身の血液が今にも沸騰しそうだ。

「殺し損ねたか。弱い奴ほどこうも生きたがる。まあいい、後から部下に渡せばあいつらも少しは我に従うようになるだろう」

背後で誰かが何かを言っている。そんな言葉がどうでもよくなるほど、僕は自分の気持ちが抑えられなくなっていた。

「それよりもだ人間。お前は強い。どうだ？　我らの同類になってみるつもりはないか？　お前ならきっと上級の名を冠することができるだろう。そこの惨めな弱者と違ってな！」

その言葉が引き金となった。

僕はその言葉を最後に、自分の理性が弾け飛び、意識は闇《やみ》の中に堕《お》ちていった。

＊＊＊

その瞬間、グレイフィールド領内否、結界の外側で待機していた人々もそれを感じた。

数多いる人々、魔族の中でもそれを知っていたのはただ一人。結界の外側で待機していた冒険者ギルド、ギルドマスターエレノア・ヴィ・フローレンシアだった。

エレノアは視線を手元の資料に落とす。

「そうか、ザカリー。アルバスが、彼女の子供なんじゃな」

まるでそれは何かを懐かしむような声だった。

ごうっと吹き荒れる魔力。エレノアはその魔力に髪を揺さぶられながら呟《つぶや》く。

「初めてアルバスを見た時、似ても似つかぬと思うたが、瞳は彼女とそっくりだったなあやつ」

エレノアはアルバスと出会った時のことを思い出して、静かに笑う。性格も、顔も、髪の色も、アルバスの母親とは似つかぬところばかりだったことを。

「しかしそこにおったのか。当然姿を消したかと思いきや、そんな形でそこにか……。まあ、お前が出てくるなら心配することは……後処理くらいじゃな」

エレノアは後処理のことを考えてぼやく。

心配することはそれだけ。魔族がいる？　上級魔族も中に混じっている？

だからどうしたというのだ。あの中には王国最強の冒険者竜騎士と、王国歴代最強の女騎士の息子がいる。上級魔族程度に後れなんて取らないだろう。

「見せておくれよアルバス。ソフィ。お主たちの力を」

エレノアは空を仰《あお》いでそう口にする。エレノアの頭上では満月が煌々《こうこう》と輝いていた。

＊＊＊

「この魔力は……アルバス君なのか？」

グレイフィールド領内。エレインは魔族と戦いながら、その魔力を全身で感じ取る。

アルバスの魔力はトレインの時とデスナイトとの戦いの時に感じ取っている。だからこそ、エレインはその違和感に気がつく。

魔力の量も質もアルバスと似通っているが、アルバスとは思えないほど圧倒的な、尋常ではない魔力だと、エレインは思った。

「余所《よそ》見してる暇があるのか⁉　オンナァ‼」

エレインの隙をついたと思った魔族は、次の瞬間には首から上が消失していた。エレインの目にも止まらぬ高速の突きによって、頭が消し飛んだのだ。

エレインは兜《かぶと》の中から残った魔族を見る。

残った魔族は五人。彼らの魔力を全て合わせても、アルバスの今発している魔力には及ばないだろう。

アルバスの身に何が起きたのか、それを早く確かめなければならない。グレイフィールド領内、否、結界を通り越して外まで広がっていく魔力の方が、魔族よりも遥かに異常事態だ。

ここで魔族に構っている時間などない。

「のけお前ら」

エレインの声が一段と低くなる。次の瞬間、エレインの剣に付与されていた炎が色を変える。紅と蒼《あお》の二色に。

「忙しいんだ、早くそこを通してもらおう」

王国最強の冒険者。竜騎士。

彼女が見せた本気に、魔族たちは一斉に構えた。

＊＊＊

バラムは目の前に立っているアルバスに底知れない恐怖を覚えていた。

「なんだそれは……！　なんだその魔力は……!!　貴様一体何者だ!?」

バラムは叫ぶ。アルバスに向かって。

その叫びに応えるように、ごうっと風が吹き荒れた。一瞬遅れて、ギィィインという甲高い音と共に周囲にあった物が粉砕されていく。

アルバスは先ほどまでとは明らかに様子が違っていた。ほとんど残っていなかったはずの魔力は、今となっては底すら見えないものになっている。

白い髪はバラムの真紅の髪よりも鮮明で、濃い赤に変化していた。

「……すぞ」

アルバスが口を開く。

次の瞬間、アルバスから大量の衝撃波が吹き荒れる。バラムはそれを魔力でガードするが、あまりにも強い衝撃波にいくつかの骨が粉々に砕けた。

「……ガッ⁉　ば、馬鹿な‼　人間風情がこの俺に手傷を負わせるだと⁉　いや、そ、それよりもだ‼」

バラムはここで確信する。

齢《よわい》二十にも満たない少年、魔力量だけではなく魔法の威力さえも、自分では足元にも及ばないだろうという事実に。

最初、アルバスとエレインがここに来た時、バラムは脅威になるのはエレインただ一人だけだと思っていた。アルバスのことなんか歯牙にもかけなかったのだ。

しかし、今はどうだろうか？

底知れない魔力、魔族の防御を軽々と貫通し、無詠唱で解き放たれる魔法、死にかけのウサギが今となっては龍にも思えてしまう。

「み、認めんぞ‼　俺が人間に屈することなど‼」

上級魔族としての誇りがバラムを動かす。バラムは魔法の詠唱を開始する。

『死霊の騎士よ！　今汝《なんじ》らに戦場の愉悦と戦果をくれてやろう。いざ冥府より参れ。召喚《サモン》：デスナイト‼！』

地面に黒い穴が二つ。そこから這《は》い出るようにデスナイトが二体現れる。

バラムは立て続けに魔法を詠唱する。

『闇よ、呪いよ！　彼らに力を与え給え！　付与闇・呪縛属性《エンチャントダークアンドカース》‼』

一つの詠唱で二つの魔法を発動する高等技術。上級魔族ならばこれくらい簡単なことだ。

デスナイトの全身に闇属性と呪縛属性、二つの属性が付与されて強化される。

それはアルバスとエレインが鉱山で戦ったデスナイト、それよりもわずかに強い。それが二体もいる。

「デスナイト行け‼　奴の首を叩き落とせ‼」

デスナイトたちが駆け出す。アルバスを目掛けて。

それに対してアルバスは幽鬼のようなゆっくりとした足取りだった。一歩、二歩と進み、デスナイトの間合いへと入っていく。

「自分から間合いに入るとは馬鹿め！　そのまま死ねぇ‼」

デスナイトたちが騎士剣を振り上げる。その瞬間だ。アルバスは顔を上げ、たった一言。

「じゃま」

言葉が終わる頃、そこにデスナイトの姿は存在しなかった。骨どころか、デスナイトが纏《まと》っていた鎧《よろい》や剣、盾まで一瞬のうちに、超音波振動で跡形もなく消滅したのだ。

「俺の……エンチャントだぞ？　アンデッドでも上位のデスナイトを一言？　いや、そもそもなんであいつは詠唱していないんだ⁉」

詠唱は魔族であってもしなくてはならない。

詠唱どころか魔法名すら唱えず、魔法を発動するのは上級魔族、否それよりも上の存在ですら不可能だ。

　それを目の前の少年はやってのけた。無詠唱だというのに、魔法の威力や精度、何もかもを弱体化させずに。

　バラムは恐怖のあまり一歩下がる。その時、バラムは気がついた。自分が人間相手に一歩下がったということに。そして、いつもの口調が崩れ始めていることに。

「この俺が人間を前に下がる⁉　あり得ん‼　俺は上級魔族だ‼　こんなやつに覚える恐怖などない‼」

　バラムは魔力をさらにたぎらせる。そして、魔法ではない、一部の魔族や一部の種族にしか使えない奥義《おうぎ》を口にする。

『魔力解放‼　無存在の騎士団《インビジブルナイツ》‼』

　魔力解放。魔法とは似て非なる奥義にして異能。

　生まれつき強い魔力を持つ者、数多の属性を操る者、人とは変わった特異な属性を持つ者。そんな存在のみが使える、魔法を超えた幻想。それが魔力解放だ。

　上級魔族。その中でも一際《ひときわ》武闘派であるバラムは、生まれつきそれを持っていた。無存在の騎士団。バラムの周囲に、見えず、感知することができないバラムと全く同じ魔力と実力を持った分身体が複数現れる。

「お前ら人間には使うことすらできぬ奥義だ！　先ほど、お前の弟を切り裂いたのはこの技‼

先は一体だけだったが今は違うぞ!!　三十の見えない分身がお前を襲う!!　覚悟しろ人間！」

　間合いの外側なのに先ほどアイザックを切り裂いたのは、バラムによって生み出された分身だ。バラムは常に一体は分身を維持しており、敵に合わせてその分身を自在に増やせる。

　三十が限界とはいえ、一人一人がバラム本人と同じ力と魔力量を持つ。総体でいえばもしかしたらブラックダイヤモンドや魔王に届きうるかもしれない。

　バラムの分身が一斉に音もなく、姿もなく、アルバスに襲いかかる。

「お前がどれだけ魔力を持っていたところで所詮は人間!!　そこのボロ雑巾《ぞうきん》と同じく、お前も死ぬんだよオオオ!!」

「ぼろぞうきん……?」

　その言葉は絶対に言ってはいけない言葉であった。その言葉さえなければバラムの命はもう少し長かっただろう。

　それはアルバスの逆鱗《げきりん》に触れる言葉だ。

「それは……」

　バラムの分身がアルバスに殺到する。

　アルバスには無論、見えていないし感じてもいない。このままでは一方的に斬り刻まれるだろう。

　しかし、そうはならない。そんな現実起こりようもない。

「アイザックのことを言ったのか!!⁉」

アルバスの激怒の声。それが魔法の引き金となる。

アルバスよりやや離れていたバラム本体は幸運だった。何故なら、瞬く間に分身は消滅していたのだから。

もし、分身が見えて、感じることができたのなら、そこは地獄絵図だっただろう。

幸いにも魔力で作り出された存在だから、その惨状は誰にも知覚されることなく消滅する。

バラムはただ一瞬にして、自分の分身が全て消えてしまった、それを感じることしかできなかった。

「ひ、ひぃ⁉　お、俺の分身が……⁉　そんなのあり得ない!!　一瞬にしてやられるなんて!!」

一瞬にして三十体の分身がやられた。なんの抵抗もできぬまま。つまりそれはバラムにはアルバスへの対処手段がもう……。

「ぐっ……クソッ!!　まだだ！　まだ終わらんぞ！」

バラムは魔法の詠唱を開始する。そう、まだアルバスを殺す手段は残っている。魔法でも当てることさえできれば、アルバスを殺すのはたやすい。それがバラムの判断だった。

『闇よ……ッ⁉』

しかし、そんな淡い希望さえ、アルバスの前では無意味。

「みみざわりだ、おまえのこえ。【消音《サイレンス》】」

バラムは口をパクパクとさせるだけで、詠唱をすることができない。

音属性魔法、消音。普段のアルバスでは使うことができず、アルバスが知識として持っているだけの音属性の奥義。

それは詠唱破壊のさらに先にある魔法で、効果は対象から発せられる全ての音を消失させるというもの。

無論、声も消えてしまうから詠唱も無効化される。

「魔族」

アルバスの瞳がバラムを射抜く。そんな中でバラムは確かに死の恐怖を覚えた。

——ああ、俺は数秒後に死ぬ。

そう思った瞬間だ。いまわの際に聞いたのは、少年の声。

「しね」

その瞬間、バラムはアルバスに関《かか》わったこと、自分がすぐに逃げるべきだったこと、そもそも人間界に来るのではなかったこと、色々な出来事を後悔しながら、その生命活動を止めた。

終章『これからは』

「……知ってる天井《てんじょう》だ」

ゆっくりと目を開けて、僕は呟《つぶや》く。

この天井はつい最近にも見た光景だ。これは王城の天井だ。数日前にルルアリアに魔法を使った時、同じ景色を見たはず。

というか、なんだか頭がぼんやりとしている。なんで僕は王城で寝ているんだっけ？　そもそも、僕ってなんで寝ているんだ？　人間だから寝るときはあるけど、こんな頭がぼんやりするほど寝ることなんて久しぶりだ。

いや、そもそもなんで王城で寝ているんだ僕は？　……って、ん？　少し待てよ？　王城？

「なんで僕、王城に……っ⁉　って、イデデデデ‼‼？」

飛び起きようとして、全身が悲鳴をあげる。き、筋肉痛⁉　全身が⁉　そんなことある⁉

「何この痛み⁉　なんで全身ガガガガ‼！」

「失礼しますアルバス様……って、大丈夫ですか⁉」

僕が全身の筋肉痛に悶《もだ》えていると、たまたま部屋に入ってきたルルアリアが僕を見て駆け寄ってくる。

「ダメですよ！　今のアルバス様は絶対安静なのですから!!」

「ぜ、絶対安静……？　僕の身体に何が起きたっていうんですか？」

ルルアリアがそう言うので、僕は起きあがろうとはせずにベッドに寝る。ルルアリアはベッドの脇《わき》にある椅子《いす》に腰掛けながら話し始める。

「アルバス様、やはり記憶が混濁しているようですね。少し長くなりますが、一から説明してもよろしいでしょうか？」

「お願いしますルルアリア王女様」

ルルアリアから僕がここに寝ている経緯を聞く。

端的に言うと僕が上級魔族を圧倒したらしい。魔族を殲滅《せんめつ》し終えたエレインが見たのは、ぶっ倒れている僕とアイザック、そして息の根が止まった上級魔族だったとのこと。

その後、グレイフィールド領の結界が解かれて、エレノアの手配もあって僕とアイザックは王城へ。そこで治療を受けて、数日間寝込んでいたらしい。

「ほんんんんとうに心配したんですからね！　二人揃《そろ》って血まみれ、数日間目を覚まさなかったんですから!!」

「本当にごめんなさい……。もしかして超怒ってます？」

「当たり前じゃないですか!!　あんな危険な場所で無茶して……死んだら元も子もないんですよ!?　それに見てくださいこれ!!」

ルルアリアは僕の隣のベッドを指さす。窓際にあるもう一つのベッド。白い布団《ふとん》は丁寧に畳まれて、誰《だれ》も使っていない印象を受ける……。

「そこにアルバス様の弟、アイザック・グレイフィールドが寝ていました」

「え……アイザックが？」

僕と同室で寝ていた？

いやいや、それよりもアイザックの方が僕よりも遥《はる》かに重傷だったはず。なのに、なんで誰もいないみたいな風なんだ？

「アイザック・グレイフィールドはアルバス様と違い、治療は簡単でした。傷は深いものの、本人自身に魔力が残っていましたから。

昨日のことです。アイザック・グレイフィールドは忽然《こつぜん》と姿を消しました。二通の手紙をベッドに残して」

ルルアリアから手紙を渡される。僕はそれを開く。確かにアイザックの字で、僕宛てに書かれた手紙だ。

中身はこう書いてあった。

『悪かった。またいつか』

そんな簡単な文。それを見た時、思わず一筋の涙が僕の頰《ほお》を伝った。

「もう一通は魔道具についてです。アイザック・グレイフィールドは魔道具が誰から手渡された物なのかを記していました」

「ということはつまり……その手渡した人というのが」

「はい。私に呪《のろ》いをかけた人物、もしくはそれに繋《つな》がる人でしょう」

感傷に浸っている場合ではない。

ルルアリアの呪い。それに繋がる明確な手がかりがようやく掴《つか》めたのだ。

「手紙にはなんと？」

「アイザック・グレイフィールドに魔道具を渡した人間はこう名乗ったようです。三重に偉大なる者《トリスメギストス》と」

トリスメギストス。そいつがアイザックに魔道具を渡して、アイザックを暴走させた人間の名前……！

「この名前について何か掴んでいるんですか？」

「いえ。これ以上は何も……。調査しているみたいですが、まだ何も成果は出ていないようです」

ルルアリアの表情が曇る。

だが、黒幕、黒幕側の人間の名前が知れたのは大きい。大きな前進といってもいいだろう。

「まあ、私が怒っているのはこれらのことくらいです。アイザック・グレイフィールドの行方《ゆくえ》が掴めないのが少し不安ですが……」

「大丈夫ですよ。半分しか血が繋がってないとはいえ、アイザックは僕の弟です。何も心配するようなことはありません」

アイザックが姿を消した。

思うところがあったのだろう。僕に対して、今までの自分に対して。

けれど、戦いの中でアイザックのこと、少しは知れた気がする。だから大丈夫。それにまたいつかと言ったんだ。また会える日は来るはずだ。

「信頼されているのですね。少し羨《うらや》ましいです」

そう言うルルアリアの表情は少し儚《はかな》げで、言葉通り、僕を羨んでいる様子だった。

「話がズレてしまいましたが、アルバス様について色々とお話しないといけないですね。ここ数日で大きく状況が変わりましたので」

ルルアリアはそう話を切り出す。

「先ほども話しましたが、アルバス様は上級魔族を一人で倒しました」

「サラッと流しちゃったけど、本当のことなの？　それ」

未《いま》だに信じられない。

そもそも上級魔族……確かバラム？　とか言ったっけ。そいつと出会ってからの記憶が曖昧だ。

まだ、僕が気絶してエレインがギリギリのところで助けてくれたという方が信じられる。

「本当のことです。先生と竜騎士がこれを確認しています」

「あの二人が言うなら本当のことかもしれないけど……でもどうやって？　僕はあのとき、魔力も体力も残っていなかった。あれ以上戦える要素なんてどこにも……」

アイザックとの戦いで僕は全《すべ》てを使い切っていた。魔力も体力も。

上級魔族と戦える余力なんて当然ないし、そもそも僕に上級魔族と戦えるような実力はない。

やっぱ都合良く隕石《いんせき》でも落ちたんじゃないか？

「……アルバス様、今信じられね～、隕石や地殻変動の方がまだ信じられるわ～～みたいな顔していますよ」

……ギクっ⁉　ルルアリアがジト目で僕の内心を読んできた。実際、そういう風には考えていたけれども‼

「はぁ。アルバス様が信じないだろうっていう先生の予想が当たっていましたか。ですが、正直これを聞いた時、私も自分の耳を疑いました。

……アルバス様、アルバス様の持つ属性は音属性一つだけなんですか？」

真剣な眼差《まなざ》しでルルアリアがきいてくる。

僕の属性は音属性一つだけだ。それしかもらわなかったから、僕は実家を追放された。

それから、僕が二つ目の属性に目覚めたみたいな感触はない。いや、そもそも女神の儀以降に属性が発現するのはあり得ないことだ。

「僕が持っているのは音属性だけのはずだ。それがどうかしたのか？」

「いえ……先生はこう言ってました。

　分からないことが多すぎるが、あの場面をひっくり返すのに一番納得できるのは、アルバスが切り札を隠しておった場合じゃろうな。例えば二つ目の属性や魔力解放みたいなと」

「……僕に二つ目の属性も魔力解放もありません。僕の知る限りですが……」

　二つ目の属性はあり得ないし、魔力解放なんてもっとあり得ない。あんなの人間で使えるのは勇者や大賢者みたいな一部の限られた人間だけだ。

「まだ頭上に運良く隕石が落ちて、上級魔族が潰《つぶ》れた方が信憑性《しんぴょうせい》ありますよ……」

「そんなこと起こるわけないじゃないですか。グレイフィールド領もペチャンコですよそれ」

　呆《あき》れたような声でルルアリアはそう言う。

　まあでしょうね……と思いつつ、グレイフィールド領のことを思い出す。そういえばあそこはどうなったのだろうか？

「グレイフィールド領はどうなったのですか？　父は行方不明になったと聞きましたが」

「グレイフィールド領は一先ず、国が管理することになりました。現当主のザカリー・グレイフィールド、次期当主のアイザック・グレイフィールド共に行方不明ですので、管理責任はなくなったものと一旦《いったん》は判断します」

　そうか、父も行方不明のままなんだ……。

アイザックは自分で姿を消したんだろうけど、父が気になる。父は魔族との騒動中に行方不明になった。

当主と次期当主、二人共いなくなったら領内を維持できなくなるのは当然だ。国がグレイフィールド領を管理するのも納得だろう。

「そしてアルバス様の処遇ですが……。上級魔族討伐の功績が認められ、アルバス様はシルバーからプラチナランクにランクアップします」

「ぷ……プラチナっ⁉　また二段階も……」

王都にきてから数日、あっという間に上から三番目のランクになってしまった。

上級魔族を倒したことは信じられないが、状況的に僕が倒したって言っているようなものだ。けど、疑問は残る。

僕はどうやって上級魔族を倒したのだろうか……？

「色々報酬を用意しているみたいですが、詳しいことは先生に。後は、アルバス様の待遇ですが……」

僕の待遇？　……僕の待遇ってまさか？

「私は学習しました。アルバス様は無茶をなさる人物だと。そして、アルバス様には知ってもらいたいこと、知らなくてはならないことが山ほどあると」

……嫌な予感がしてきた。

確かにルルアリアの前で無茶をした。アイザックが目の前にいて、平常ではなかったことは認めよう。

知ってもらいたいこと、知らなくてはならないことが山ほどあるのも承知の上だ。僕自身、今回のことで知らないといけないことが増えたと思う。

魔法のことばかりを考えるのはやめて、いろんなものに向き合う。アイザックへの言葉を嘘《うそ》にしないためにも。

それらの感情や責任感が渦巻いているせいで、僕は次に言うルルアリアの言葉を受け止めざるを得なかった。

「しばらくの間、アルバス様は私と一緒にいてもらいますからね!!」

これを機に僕の日常は大きく変化する。

冒険者アルバスから、ルルアリアの友人アルバスへ。僕の物語の舞台は王城へと。

そして、ルルアリアの呪いを巡る新しい物語が幕を開ける。

＊＊＊

「……アルバス君は一体何者なんだ？」

アルバスがルルアリアと話している頃。冒険者ギルド、エレノアの執務室にて、竜騎士エレインはエレノアにそうきいていた。

エレノアは書類仕事をする手を止めて、エレインに視線を向ける。まるでそうきかれるのを分かっていたみたいな様子で口を開く。

「十中八九きかれるだろうとは思ったよ。少し長くなる。お主《ぬし》も座れ。茶はいるか？」

「もらおうギルドマスター」

「ん、了解した」

エレノアは立ち上がり、紅茶の準備を始める。エレノアはエレインに紅茶を出すと、自分の分を啜《すす》る。

「さて、どこから話したものか……。いや、竜騎士よ。お主、どこまで見た？」

「私が着いた時、戦いは終わっていた。頭部だけをピンポイントで破壊された上級魔族、血まみれになって倒れていたアルバス君と、その弟。弟君の方は傷は深かったが、命への危険はさほどではなかった。それよりも……」

「死にかけていたアルバス。大した傷はない、ただ魔力が異常なまでに削れていたアルバスを見たのだな？」

こくりとエレインはうなずく。

エレインが魔族たちを殲滅《せんめつ》した後、見た光景は先ほど二人が口にした通り。

エレインはその時初めて見たのだ。死にかけになるほど魔力を消費した人間というのを。

「魔法や魔道具の使用……いや、呪いにかかった場合でもあそこまで魔力は削れない。彼は何をしたんだ？」

魔力を使い切った状態を言い換えると、すごく疲れた状態だ。生存本能がそこで魔力の消費を止める。何故《なぜ》なら、それ以上に魔力を使うと命に危険が及ぶから。

でもアルバスは本来生存本能が止めてしまうラインを超えて魔力を消費していた。結果、重傷のアイザックよりも目覚めるのが遅く、数日生死の境を彷徨《さまよ》うことになるのだが……。

「あれはアルバスが持つ二つ目の属性によるものだとわしは思っておる」

「二つ目の属性？　アルバス君は確か音属性だけだったはずじゃ……」

アルバスは属性を一つしか持っていない。

それはアルバスを知る者であれば、誰だって知ることだ。

「わしもそう思っておった。じゃが、アルバスが彼女の息子ならば話は別じゃ」

「彼女……？　アルバス君の母親は一体……？」

エレインは首を傾《かし》げる。そんな彼女にエレノアはすかさずこう問う。

「お主は王国最優の冒険者。そう呼ばれておるし、そうわしも認めておる」

「その呼び名はいかめしくてあまり好きではないがな、いきなりどうしたんだ？」

「彼女は王国歴代最強の女騎士じゃ」

エレインはその呼び名に覚えがあるのか、話を聞く態度や顔つきが一気に変化する。

王国最強や王国最優など、肩書きを持つ人間は何人かいる。エレインもその一人だ。王国最優の冒険者、それが彼女の肩書き。

しかし、王国歴代最強と呼ばれた人物は長い歴史上、一人しか存在しない。

「十年以上も昔故、彼女の名は少しずつ聞かなくなったし、彼女の存在も少しずつ風化しておった。じゃが、奇《く》しくもアルバスが放った魔力は彼女と同質の物。彼女が持つ属性の魔力じゃった」

「それがアルバス君の二つ目の属性……。だとしたらそれは一体どんな属性で、どんな魔法なんだ？」

「……共鳴」

エレノアは懐かしむように、そう口にした。

「共鳴属性……？　そんな属性」

「聞いたこともないじゃろう？　この属性は彼女しか持ち得なかった希少属性の中でも一等希少な属性じゃ」

この世界には無数の属性が存在する。

アルバスは幸運な方だ。何故なら、音属性には魔法書があったから。

中には本当にハズレ属性、魔法書すら存在しない属性もある。それらの属性は自分で魔法を開拓するしかほかなく、その道は果てしなく険しい。

共鳴属性はまさにその属性だ。

「魔法書はなく、文献の記述も存在しない。彼女はたった一つの魔法しか使えないくせして、たった一つの魔法だけで王国歴代最強の座まで上り詰めた」

「その魔法とは……？」

一つの魔法だけで成り上がる。そんなことは不可能に等しい。どんな魔法でも状況によって使い分け、取捨選択をすることで性能を最大限発揮する。

一つの魔法しか使えない属性なんて、欠陥以外の何ものでもない。音属性が可愛《かわい》く見えるほどのハズレ属性だろう。

「共鳴という属性と同じ名を冠する魔法。他者と共鳴することで、他者が持つ属性、魔力、魔法の知識などなど、全てを自らの物として得ることができる魔法じゃ」

エレインは言葉にすらできない感情を抱いていた。

そんな魔法があるなら世界はひっくり返っている。誰もがその魔法を欲しがろうと殺到するだろう。無数の属性、それを操《あやつ》れるだけの知識、魔力が手に入ってしまうのだから。

「アルバスの音属性にはおそらく、この共鳴と同じ力が内包されているのじゃろう。共鳴という言葉自体、音に関する言葉じゃからな」

「だけど……だとしたら、アルバス君は誰と共鳴したんだ？」

「んなの、一人だけじゃろう。アルバスは自らの血を辿《たど》り、自分の母親と共鳴した。王国歴代最強の女騎士、ソフィア・ルージュ・グレイフィールドに」

ソフィア・ルージュ・グレイフィールド。

それはアルバスの母親にして、ザカリーの妻。そして王国歴代最強の女騎士と呼ばれた唯一無二の魔法使い。

彼女のことを知る人物は少ない。何故なら彼女たちが活躍した世代では、今よりも戦争が激化していて、記録や語り継ぐ人が少ないからだ。

しかし、エレインは断片的ながら彼女のことは知っている。単独で飛竜百体を殲滅した竜殺し、獣人にも劣らない身体能力を持つ超人、千の武具を操ることができた武芸者、そして、たった一人で大量の魔族と魔王たちと渡り合い、戦争を終結させた英雄。

「アルバスは弟を傷つけられた怒りで無意識にソフィと共鳴したのじゃろう。結果、ソフィの膨大な魔力が流れ込み、上級魔族を蹂躙《じゅうりん》した。生死の境を彷徨ったのはその代償じゃな」

「強くなりすぎた反動として、アルバス君はあり得ないほど消耗したということか。それで？まだ代償はあるんじゃないのか？」

エレインがそうきいたのには理由があった。

代償が軽すぎる。規格外の魔力、上級魔族が手も足も出ないほどの戦闘能力、それらを一時的に得たにしては、生死の境を彷徨うなんて代償は不釣り合いだ。

「……まあ、今は大丈夫じゃろ。アルバスが成長すれば問題はない程度の代償じゃ。それよりも目下気にしないといけないのは、こいつと中央貴族に見られる不穏な影じゃな」

エレノアは視線を机の上の資料に向ける。

アイザックが語った三重に偉大なる者《トリスメギストス》と一部中央貴族に見られる不審な動き。

「私では目立ちすぎて、あまり力になれそうにないなそっちは」

「んなもん分かっておるわい、適材適所じゃ適材適所。アルバスと、わしの教え子ルルアリア。この二人が成果を拾ってくることを願うばかりじゃな。それにあやつも帰ってくることだしな」

「……そうか。第一王子の帰還とあの祭りの時期か」

王都では毎年、ある時期は大きな盛り上がりを見せる。

数年前から外国留学している第一王子が帰還する時期。それは王国の一大イベントの開催時期と重なるのだ。

このイベントでは他国からも多くの観光客や要人たちが王都に集まり、王国は最大の盛り上がりを見せる。

先ほどエレノアが語った一部中央貴族に見られる不穏な影。多くの人でごった返すからこそ、それが動くには絶好の機会だ。

「王国最大の祭典。英雄祭の時期じゃ」

追加エピソード　『お茶会と忘却を揺蕩う在りし日の二人』

「本日はお招きいただきありがとうございます。ルルアリア王女様」

「いえいえ。こちらこそ来てくださってありがとうございますアルバス様。ささ、こちらへ」

グレイフィールド領での戦いから数日後。

僕はルルアリアの誘いで二人きりのお茶会をすることになった。以前、王城を案内してもらった時にやろうと言っていたやつだ。

「右腕本当によかったのですか……？　傷痕《きずあと》残ってしまいましたが」

「これですね。これはまあ、自分への罰だと思っていますのでこのままがいいかなと」

包帯で覆《おお》われた右腕。その隙間《すきま》からわずかにのぞく焼けた皮膚。

これはアイザックとの戦いの時にできた傷だ。

僕が目を覚ましてから数日間。王城で泊まり込みで傷の治療に専念したおかげで、グレイフィールド領での戦いで負った傷はほぼ完治していた。傷痕も魔法薬などを使ってほとんどなくなっている。

「それにこの傷痕があると、アイザックが近くにいる感じがして……ってどうしたんですか？　そんなに顔を膨らませて」

「いいえ、なんでもありません！　ただちょっとだけアイザック・グレイフィールドのことが……」

……何か変なことを言っただろうか？

魔法でつけられた傷には微量ながら魔力が宿る。それが何かしらの影響を与えるというから、もしかしてそのことを心配しているのだろうか？

「そ、それよりも！　何か別のことをお話しましょう!!　そうですね……例えばアルバス様はどんな本を読まれたりするのですか？」

ルルアリアがパチンと手を叩きそう口にする。

どんな本……どんな本かあ……。

「本って言われても僕が読むのはほとんど魔法書しか……」

「そ、れ、以、外、で!!　アルバス様が魔法大好きなのは知っていますから！　もっと他の一面が知りたいのですっ！」

「えぇ……そんな無茶苦茶な。ってあっ！　一つありますよ！」

物心ついた時から魔法書ばかり読んでいたけど、そんな僕でも気に入ってる物語が一つだけあった。

「何度生まれ変わったって、私と貴方《あなた》は巡り会う。巡り合ったその時は、今までできなかった分、沢山恋をしよう」

「それは……王国建国物語ですか？」

「はい。僕の……魔法書以外の唯一の愛読書です」

先の言葉は王国建国物語。その最後。物語の最後で初代王女が、物語の主人公に向けて口にした言葉だ。

「王国建国物語。一般的には英雄譚《たん》と呼ばれていますが、恋愛物語として捉《とら》える人もいますよね。アルバス様は後者でして……？」

「いいえ。僕は英雄譚だと思っています。話のほとんどは初代国王——名もなき勇者《ネモ》の物語ですから」

王国建国物語とは、この王国が作られた時のお話だ。

女神から六つの属性と聖剣を授《さず》かった名もなき勇者は、時の巫女《みこ》と呼ばれる少女を助けるために数多《あまた》の試練と戦争を乗り越える。

そして時の巫女を封印していた魔王と戦い、魔王から時の巫女を救い出した勇者は、六つの属性を女神に返し、聖剣を国の礎として封印し、この王国を作り上げたというお話だ。

「僕は思ったんです。二人は愛し合って、沢山の子を成したはずなのに、どうして時の巫女は恋をしようって口にしたのか」

僕からしてみれば愛も恋も大して変わらない。どちらも他者がいて初めて成立する感情で、どちらもその人を大切に想《おも》っているのだから。

だからこそ、王国建国物語。その最後を締めくくる言葉に僕は疑問を抱いていた。

ルルアリアはそんな僕の疑問に短く微笑《ほほえ》むと、僕の顔を覗《のぞ》き込むようにしてこう口にする。

「少し意外でした。まさかアルバス様がそんなことを考えているなんて」

「考えるよ……今となっては特に。人の心と向き合う。そう言ったんだから」

視線を右腕へ落とす。

僕は君と向き合えたかな、アイザック。そんなことを想いながら。

「ふふ。少しだけ変わりましたね……。

先ほどのお話ですが、私はこう思うのです」

ルルアリアは優しく微笑んだ後、あの言葉について自分の見解を口にする。

「愛は与える心。恋は共有する心。

愛の本質は一方通行で、だからこそ時として愛は人々の心を歪《ゆが》ませてしまう。

けれど恋は一緒に感じたい、一緒に見たい、一緒に聴きたい、そんな淡い気持ち。非情な現実の前に泡沫《ほうまつ》として消えゆく運命《さだめ》だとしても、きっとそれはとても綺麗《きれい》な……難しいですかね？」

「…………ちょっと僕には難しいかな」

ルルアリアの言葉に対して、僕はそう答えた。ルルアリアの語る言葉、その言葉の意味を理解できるほど、まだ僕の精神は成熟していない。

けれど、聞いていてどこか心地の良いものだったから、無言のまま続きを促す。ルルアリアはふふと笑った後、話を再開した。

「時の巫女は誰かから助け出してもらう運命《さだめ》だった。魔王に囚《とら》われた彼女は勇者に助け出してもらい、その道筋を聞かされたとしても、そこに彼女はいない。

だからこそ想ったんじゃないでしょうか。次があるなら勇者様の物語を共に歩んでみたいって」

だからこその恋。だからこその共有する心。

魔王を倒した後の二人の世界はそれは平和だったのだろう。勇者が辿った道筋を後世に伝えようとするくらいには。

そんな勇者の物語。勇者の旅路。王国建国物語、最初に心を惹《ひ》かれたのは時の巫女その人だった。

「ああ、それはとても素敵な解釈だ……。ありがとうございますルルアリア王女様、いいお話が聞けました」

「いえいえ。一読者としての見解と解釈を伝えたに過ぎませんよ」

と微笑むルルアリア。その後ルルアリアは僕を見つめながら言葉を続ける。

「だから私はアルバス様といろんな景色を見てみたいです。いろんな冒険を一緒に体験してみたいです」

目を細めて、そう言うルルアリアに僕の心臓は大きく跳ねた。

……そんな話の流れで、そんな求めるような……いや、僕に何かを与えてくれるような瞳《ひとみ》で言うなんてずるいじゃないか。

君みたいな綺麗な人にそんなことを言われて、僕の心は、僕の感情は……君に対して大きく揺れていた。

「……共有する心。そうだね。君とだったらそれはとても素敵かもしれない」

「そうですよ。きっとそうです。私とアルバス様、二人で共有する世界はそれはとっても綺麗なはずです」

誰かと共有する世界。一人きりで魔法とばかり向き合ってきた僕にとって、それはすごく眩《まぶ》しいものだった。

「そういえば……さ」

ティーカップに入ったハーブティーを飲んで一息つく。

ルルアリアとの会話はすごくドキドキした。会話が弾んだおかげだろうか、僕はずっと謎《なぞ》に思っていたことを口にする。

「ルルアリア王女様はどうして、僕のことを様とつけるんだい？　同年代だろ？　僕ら」

「あら……。ふふっ、私はアルバス様に助けてもらって、今も協力してもらっている。そうだからじゃ、不満ですか？」

どこかイタズラっぽく笑いながら返すルルアリア。人の感情に疎い僕でも分かる。ルルアリアはまだ何かを隠していると。

「そういう口ぶりはまだ何か理由があるっていうことなんだろう？　気になるじゃないか。教えてよ」

「ふふっそうですね……どうしましょうか」

ルルアリアはそんなことを口にしながら、優雅な手つきでティーカップを口に運んでいくのであった。

＊＊＊

「ルルアリア王女様はどうして、僕のことを様とつけるんだい？　同年代だろ？　僕ら」

そう口にしたアルバスに対して、ルルアリアは内心どこか寂《さび》しい感情を抱いていた。それは薄々感じていたけれど、今の発言でほとんど確信に変わったみたいな。

（アルバス様はやはり覚えていないのですね）

ルルアリアは古い記憶を呼び起こす。

それはまだルルアリアが幼い頃。十年前のある日のことだ。

「もう……！　おおにい様としょうにい様ばかりずるいです!!」

幼いルルアリアはズカズカと王城の廊下を歩いていた。ルルアリアは廊下の窓から見える外の景色をどこか羨ましそうな瞳で見つめる。

「わたくしも、魔法のれんしゅうとか、外にでてみたい……」

それは年頃の少女が抱くには少し変わった願いだった。

ルルアリア・フォン・アストレア。王国の第一王女である彼女は、周囲からとても大切に育てられてきた。

王国では王子が国王になるのが習わし。王子は国王になるために魔法や武術の訓練、外交、勉学、国を運営するために様々な教育が施される。それに対して王女はどうだろうか。

無論、王女は王子よりも芸術に偏った教育が施される。美しい花を飾る方法や詩の練習、舞踊などがそれにあたる。

魔法や武術の訓練は王女にとっては基本的に不要なもの。自分の身を守るために成長してから最低限施される。外交の知識などもあくまで最低限しか施されない。

王女は美しく生きることに意味があり、いずれは外交の道具として扱われる運命にある。ルルアリアも、その妹たちもその例に漏《も》れなかった。

「まいにちまいにち、お花や絵のおべんきょうばかり。もっと……からだをうごかしたい……」

幼いルルアリアがそんな風に思うのには理由があった。

生まれたばかりのルルアリアは他の人よりも小さく、同時にか弱い身体だったのだ。数年かけて、魔法薬や王城の徹底された健康管理のおかげで物心つくころには普通の女児と変わらない身体にまで成長していた。

もっと小さい頃、当たり前のようにみんなが体を動かしている中、自分だけがベッドの上にいた。そんな記憶があるせいなのか、ルルアリアは思いっきり体を動かしてみたいというささやかな願いを抱く。

しかし現実はそんな機会は訪れず、来る日も来る日も王女になるための教育ばかり。ルルアリアに芸術方面の才能もあったせいなのか、他の王女よりも多くその教育を受けさせられていた。

「そうだ！　ぬけだしてしまえばいいんだわ!!　ちょっとだけ！　ちょっだけならだいじょうぶです！」

そこで諦《あきら》めようとしないのがルルアリア。自分の意思は何がなんでも貫き通す。そんな彼女の一面はこの頃には持ち合わせていたのだ。

困ったことに、彼女は躊躇《ちゅうちょ》しない。決めたのならあとは行くだけ。こうして小さな王女の大冒険が始まった。

正面から出て行ったところで衛兵に捕まってしまう。それを分かっていたルルアリアは数日かけて、王城から出る手段を模索し、運良く抜け道を見つける。ルルアリアはそれを見つけた時、年相応に目をキラキラと輝かせていた。

その後、彼女は変装し誰にもバレることなく王城の外へ抜け出す。

「これが……そとのせかい……!!」

王城や馬車の窓からしか覗いたことがなかった王都。幼いルルアリアにとって、そこは広大な世界に見えていた。

「まほーだいとしょかん！　そこにいきましょう！」

ルルアリアは興奮気味にそう口にして、魔法大図書館へと向かう。

来る日も来る日も教育、教育のルルアリアにとってほぼ唯一と言っていい娯楽が読書だった。特に英雄譚や神話、勇者や英雄が活躍する話が彼女の好みだ。

魔法大図書館には様々な種類の本が置いてある。ルルアリアがそこへ向かおうとしたのは、読書が好きという理由だけではなく、憧《あこが》れだった魔法書を読んでみたいと思っていたからだ。

大図書館は王城に負けず劣らず巨大で目立つ建築物ゆえ、幼いルルアリアでも道を聞けばすぐに辿り着くことができた。

「ふふん、さすがわたくし。はじめてでも、たどりつけちゃうのです！」

自慢げに胸を張りながらそう口にするルルアリア。ルルアリアは期待を胸に、魔法大図書館の中へと入っていく。

「すごい……!!」

大図書館に入った時、ルルアリアはその光景に圧倒され、目をキラキラと輝かせた。

無数の本棚、そこにびっしりと詰まった本。そして本を整理する魔法人形《ゴーレム》。ルルアリアにとって全てが初めて見る光景だった。

それからの時間は一瞬にして過ぎて行った。異国の神話や英雄譚に目を奪われ、はたまた魔法人形《ゴーレム》が作業する姿を見つめるだけでもどこか満足げになり、あまりにも複雑で入り組んだ構造に迷ってしまったり……。

その全てが初めて味わうこと。一人きりの大冒険。分かっているはずなのにこのことを誰かと話したいと思うようになっていた。

「……って、ここはまほーしょ!! こんなにもたくさんあるのですね!」

ルルアリアは大図書館を探検して、ようやく辿り着く。数多の属性、無数の魔法書が貯蔵されている区域に。

ルルアリアは何冊か魔法書を取っては読もうと、椅子に座る。ルルアリアには自信があった。今まで沢山の本を読んできた知識があれば、魔法書だって難なく読むことができるだろうと。

しかし、そんな自信はすぐに打ち砕かれてしまう。

「わ、わからないです……」

魔法書に記された詠唱や魔法の構築理論。魔法の演算式などなど。事細かにびっしり書かれた文字にルルアリアは打ちのめされていた。

ルルアリアが詠唱さえ覚えてしまえば大体の魔法は扱えると知るのはこれから少しだけ未来の話。今のルルアリアにとって、魔法書はとてつもなく難しい本だった。

「おと？　しんどー？　しんぞーのおとをえいしょうにだいたいする？　かいてあることがよくわかりません……」

それは偶然。

けれどどこか運命めいた偶然だった。

この時、ルルアリアが読んでいたのは音属性の魔法書。遠くない未来で、一人の青年がそれを見つけ、結果彼と彼女を引き合わせるきっかけとなるもの。

「ほかのまほーしょもよくわかりません。おおにい様やしょうにい様はこんなのをよんでいたなんて……」

ただただ二人の兄にルルアリアは感服する。この時既に魔法の練習を始めていた二人の兄。きっと彼らはこんな難しい本を読んでいたと思うと、一層尊敬の念が強くなった。

ルルアリアは自信を打ち砕かれて、トボトボと書棚へと歩き魔法書を返す。帰ろうかと思っていたその時だ。

一人の少年を見つけてしまった。

白い髪、青の瞳。自分と同い年くらいの男の子。

彼は机に無数の魔法書を積み上げて、魔法書を読み進めながら何かを夢中で書いていた。

ルルアリアは心を惹かれ、ボーっとそれを眺めていた。

何を書いているか分からない。

どんな魔法書を読んでいるのか分からない。けれどただただ無言で作業を続ける少年。自分が諦めたことを淡々と進めていく少年。

羨ましい、すごい、気になる、そんな感情よりもわずかに悔しさが上回っていた。気がつけばルルアリアは彼に向かってズカズカと歩き出していた。

「そこのかた、すこしよろしいでしょうか？」

あくまで王女としての立ち居振る舞いは忘れず。いつもの天真爛漫《てんしんらんまん》さは隠して、穏やかな口調でそう口にした。

一秒、二秒、三秒。

数え始めて十秒を超えた時だ。ルルアリアは異変に気がつく。

（む、むしされています⁉）

頭上に雷が落ちたみたいな衝撃だった。

ルルアリアは王女だ。彼女が話しかければ、誰もが反応する。それこそ訓練中の騎士でさえ。

ルルアリアを正面から無視したのはこの少年が初めてだった。

（む……むぅ。ぜったいにきがつかせてさしあげます‼）

ここで闘志を燃やしたルルアリアはなんとかして、この少年に気づいてもらうため、身振り手振りで自分の存在をアピールする。

大図書館では大声を出してはいけない。そのルールを守った上でルルアリアは試行錯誤していた。

しかしいくら身体を動かそうとも、少年の視線が本と紙から外れることはなかった。

いつまで経《た》っても気がつかない少年にルルアリアは根負けしたのか、ついに大声をあげてしまう。

「あ、の！　そ、こ、の！　かた!!」

その声に反応してなのか。

ガバッと、少年が顔を上げた。

あまりにも急な動作にビクリとルルアリアは顔を震わせる。しかし、同時にようやく気がついてくれたという一種の達成感もあった。

ルルアリアが話しかけようとしたその時だ。少年が口を開いたのは。

「ちょうど良かった！　誰かに聞いて欲しかったんだ、これはすごい発見だ!!」

「へ？　……え？　ええ!?」

先ほどまでは無視の一択だったのに、顔を上げた途端目を輝かせながら、食いつくようにルルアリアの手を摑んで話し始める少年。

ルルアリアの心臓が大きく飛び跳ねて、顔が熱くなっていくのもお構いなしに少年は言葉を続ける。

「ここの魔法書、歴史書を沢山読み漁《あさ》ってようやく分かったんだ！　魔法のこと！　いいや、もっともっと本質的なこと!!」

ルルアリアは目を輝かせながら語る少年の姿を生涯忘れることはないだろう。

たとえ、その少年の記憶から忘却してしまったとしても……自分以外覚えている者がいなかったとしても、彼女だけはそれを覚えている。

何故なら、少年が語るその姿。そして、少年の語る言葉は、ルルアリアにとって何よりも眩しく写ったから。

「いいかい、よく聞いてほしい。

魔法とは神に与えられた奇跡じゃないんだ！

むしろ逆。魔法とは神を超えるために演算される軌跡なんだ!!」

その言葉の意味を、この時のルルアリアは理解できない。

しかし、彼だけが辿り着いた真実の意味を知る日はきっとやってくる。それはまだまだ先のことであるが……。

「一般的には魔法は選ばれた人にしか使えない奇跡って呼ばれている。

けれど違うんだ！　誰しもが忘却してしまっただけ。本当は……」

少年が興奮げに語り、次の言葉をまだかまだかと待っていたルルアリア。しかし、その言葉の続きが紡《つむ》がれていくことはなかった。

拳《こぶし》が風を切る音が聞こえた後、少年の頭上に白い肌の拳が振り下ろされていた。

「いっだぁ⁉⁉⁉」

少年は突然のゲンコツに頭を押さえながらそう口にする。

ルルアリアはそれではっとなって視線を上へずらす。

「……きれい」

王女のルルアリアが思わずそう口にしてしまうほど、美しい女性がそこにはいた。肩まで伸ばした白い髪、翡翠《ひすい》の瞳、女神の彫刻像のような整った容姿。

ただそこにいるだけで優雅で気品のある佇《たたず》まい。自然と視線を奪われてしまうほど美しい女性は少年を見るとこう口にした。

「探したぞ。お前に何かあると、妹がうるさくて構《かな》わんのだ。勝手なことをするなと言いつけただろう」

「だ、だけど……叔母さんがここでは好きにしていいって……」

「私の目の届く範囲での話だ。あと私のことはお義姉《ねえ》さまと呼べ。聞き分けのない子供は嫌いだぞ」

「いや……でも、お母さんにそれ言ったら、その歳《とし》でそれは……って言ってたし」

「うるさい。後であいつは百回はぶち殺す」

「いだあ⁉」

再び少年の頭上に拳が振り下ろされる。

ルルアリアはそんな様子を見ていてあぜんとしていた。まるで女神と見間違う……いや、声も女神様みたいに綺麗な声なのに、言っていることはとても俗っぽい。

銀と紫の外出用のドレスを着ているあたり、貴族っぽさはあるが、貴族らしくないとルルアリアは感じていた。

そんなルルアリアの視線に気がついたのか、女性は視線をルルアリアへと移す。

「見ていて面白《おもしろ》いものでもないだろう。こいつは私が預かる。だから早く親のところにでも戻るといい」

「あ……あの！　お、なまえきいてもいいですか⁉」

「私は名乗るほどの者ではない。そうだな……こいつの名前なら覚えていく価値はあるぞ多分な。なあ、アルバス」

アルバス……そう呼ばれた少年は顔を上げる。まだ痛むのか頭を手で押さえながら彼はこう口にした。

「アルバス……アルバス・グレイフィールドっていうんだ。よろしくね」

その出会いは彼がいつの日にか忘却してしまったもの。

ルルアリアの記憶に残ろうとも、ある出来事がきっかけで彼が忘却してしまうもの。

この忘却を罪というのなら、未来における出会いこそは――。

「……とそろそろ行くぞ。あいつらの用事も終わっただろう」

女性がそう口にして、ルルアリアは窓から外を見る。

すっかり日は落ちかけていた。窓から差し込む夕陽《ゆうひ》が三人を優しく照らす。

「じゃあね。さっきは話を聞いてくれてありがとうね！」

少年は椅子からぴょんと飛び降りると、ルルアリアへ手を振りながらそう口にした。

女性に連れられて大図書館を去っていこうとする少年の背中を見て、ルルアリアはほんの少し寂しくなる。

夢のような時間が終わってしまうこと、どこか不思議な少年ともう別れてしまうこと。

気がつけば、ルルアリアは立ち去っていく少年の背中に向けて、声をかけていた。

「ま……また！　会えますか⁉」

それは願いを込めた一言だ。もう一度彼と会ってみたい。そんな小さな願いが、その声を紡いでいた。

それを聞いて、少年と女性は一瞬目を合わせる。そして、二人同時にくすりと笑い、少年はルルアリアへこう言う。

「会えるよきっと！　またどこかで！」

この時ルルアリアは安堵《あんど》の表情を見せる。そう言ってくれたことが何よりも嬉《うれ》しかったから。元気良く手を振って去っていく少年に小さく手を振り返して、ルルアリアは王城へと走り出す。

息を切らしながら秘密の抜け道を通って王城内へ。王城に戻ると兄の部屋に転がり込むように入って、ルルアリアは兄へこう告げる。

「おおにい様!!　まほうを……まほうをおしえてください!!」

大兄様。そう呼ばれたルルアリアの一つ年上の兄は驚く。その後、何かを察したのか、ルルアリアへこうきく。

「何か面白いことでもあったのか？　ちょっとした家出をしている間に」

バレていたと思いつつ、ルルアリアは今日あったことを一言で兄へ告げる。

「わたくし、好きな人ができました!!」

それはルルアリアの始まりの物語。彼女だけが覚えている運命の始まり。

ルルアリアはそんな近いような……はたまた遠いような過去を思い出しながら、首を傾げている目の前のアルバスへこう告げる。

「やっぱり秘密です。いつかお話してあげますよ」

「それはずるくない？　僕の期待を煽《あお》っといてさ……」

「ふふっ。では別のお話をしましょうか。例えば――」

少しだけ年相応に拗《す》ねたアルバスを、どこか眩しそうに見つめる。今はこれでいいのだ。そう自分に言い聞かせて、二人きりのお茶会は平穏に過ぎて行った。

＊＊＊

——それは遠い、遠い、遥か彼方《かなた》の記憶。

人々の誰もが忘却してしまったもう一つの約束。

名もなき勇者と時の巫女だけが覚えている二人だけの約束。

「では約束です勇者様！　何度生まれ変わっても、百年、千年、幾星霜の時が過ぎたとしても、私たちは何度だって会いましょう！」

時の巫女は名もなき勇者へそう告げる。名もなき勇者は朝焼けを背にして優しく微笑む。

「何度生まれ変わったって、私と貴方は巡り会う。巡り会えたその時は、私たちができなかった分、沢山の恋をしましょう！」

魔王に囚われ、名もなき勇者によって救い出された時の巫女。彼女は願う。次があるなら、旅路を二人で歩きたいと。

「一緒にいろんなものを見て、一緒にいろんなものと出会って、そして……そして！」

時の巫女は名もなき勇者の手を摑んで口にする。

いつの日にかもう一度出会う。その日に想いを馳《は》せながら。

「一緒に同じ夢を見ましょう！　約束ですよ勇者様！」

――それは遠い、遠い、遥か彼方の記憶。

それは忘却をたゆたう在りし日の二人。

幾星霜を超えて果たされる二人の約束。

終わり

あとがき

この本が本屋に並んだ時、これを手に取った未来の私に向けて一言だけ書き残します。まだ泣くのは早い、車まで持ちこたえろ！

ということで皆様はじめまして路紬と言います。さっきの言葉はきっと本屋でこれを見た時、私は泣き崩れるんだろうなと想像できたので書きました。

さてさて、今回は私のデビュー作を手に取っていただき誠にありがとうございます。色々話したいことはありますが、この作品を書くきっかけと自分のことについてお話しようかなと思います。

私がこの小説、音属性を書き始めたのは去年の夏ごろでした。その頃は長年続けてきた小説の執筆活動に成果が出ず、自分自身もう筆を折ろうかなと考えていました。当時は諦める理由が欲しくて、とにかく色んな作品を読んでは、この人と私は才能が違うんだって言い聞かせていたと思います。

そんな時、私が出会った作品が『ひきこまり吸血姫の悶々』でした。私の作家友達が絶賛していて、この人がそこまで言うならきっと凄い作品なのだろう。きっと実力差を知れば、私は筆を折ることができるはずだ。そんな半ば自棄になって買ったのは覚えています。

ただ、買ってから読み終わるまでは本当に一瞬で時間が過ぎていきました。読み終わった時、私が思ったのはただ一つ。

『まだ諦めたくないな』って。そう思ったのはただただ純粋に『ひきこまり吸血姫の悶々』の主人公、テラコマリ・ガンデスブラッドに勇気をもらったからです。

だってめちゃくちゃかっこいいですもんコマリ様。後超絶かわいいですし。

まあそんなことがあって、まだまだ頑張って小説書くぞってなってこの作品を書くことに。

WEB小説作家の端くれとして、「追放もの」というのは常日頃から研究を重ねていて、追放ものへの理解と私の書きたい物を掛け合わせればきっと誰か読んでくれるだろう！と思い、小説投稿サイトに投稿しました。


さて、最後に改めて皆様に感謝を述べます。

美麗なイラストでこの作品に命を吹き込んでくださったつなかわ先生、初めての書籍化で色々丁寧に教えてくださった編集のさわお様、書籍化に関わった皆様、数多ある作品からこの作品を手に取ってくださったそこの貴方、言葉にできないくらい沢山沢山感謝しています!!　本当にありがとうございました!!

そして、私に沢山の勇気と希望を与えてくれたコマリ様と小林湖底《こばやしこてい》先生、ずっとずっと私の憧れです!!　本当に本当にありがとうございます!!　ひきこまり、アニメ化おめでとうございます!!

ファンレター、作品の
ご感想をお待ちしています

〈あて先〉

〒106－0032
東京都港区六本木2－4－5
SBクリエイティブ（株）
GA文庫編集部 気付

「路紬先生」係
「つなかわ先生」係

本書に関するご意見・ご感想は
右のQRコードよりお寄せください。

※アクセスの際や登録時に発生する通信費等はご負担ください。

https://ga.sbcr.jp/

ハズレ属性【音属性】で追放されたけど、実は唯一無詠唱で発動できる最強魔法でした

発　行　　2023年5月31日　初版第一刷発行
著　者　　路紬
発行人　　小川　淳

発行所　　SBクリエイティブ株式会社
〒106−0032
東京都港区六本木2−4−5
電話　03−5549−1201
03−5549−1167（編集）

装　丁　　AFTERGLOW

印刷・製本　中央精版印刷株式会社

ISBN978-4-8156-1927-5
Printed in Japan　GA文庫

第16回GA文庫大賞
GA文庫では10代～20代のライトノベル読者に向けた
魅力溢れるエンターテインメント作品を募集します！
物語が、華ひらく。
イラスト／風花風花
大賞賞金300万円＋コミカライズ確約！
◆募集内容◆
広義のエンターテインメント小説（ファンタジー、ラブコメ、学園など）で、日本語で書かれた未発表のオリジナル作品を募集します。希望者全員に評価シートを送付します。
※入賞作は当社にて刊行いたします　詳しくは募集要項をご確認下さい
リニューアルで選考課程を一新!!!
応募の詳細はGA文庫公式ホームページにて
https://ga.sbcr.jp/